DE STANISLAVSKI
A NOSOTROS

ALBERTO CASTAÑEDA

Guantanamo 1950

Copyright © 2020 por Alberto Castañeda.

Número de Control de la Biblioteca del Congreso de EE. UU.: 2020911634
ISBN: Tapa Dura   978-1-5065-3318-6
          Tapa Blanda   978-1-5065-3319-3
          Libro Electrónico   978-1-5065-3317-9

Todos los derechos reservados. Ninguna parte de este libro puede ser reproducida o transmitida de cualquier forma o por cualquier medio, electrónico o mecánico, incluyendo fotocopia, grabación, o por cualquier sistema de almacenamiento y recuperación, sin permiso escrito del propietario del copyright.

Esta es una obra de ficción. Cualquier parecido con la realidad es mera coincidencia. Todos los personajes, nombres, hechos, organizaciones y diálogos en esta novela son o bien producto de la imaginación del autor o han sido utilizados en esta obra de manera ficticia.

Información de la imprenta disponible en la última página.

Fecha de revisión: 29/06/2020

Para realizar pedidos de este libro, contacte con:
Palibrio
1663 Liberty Drive
Suite 200
Bloomington, IN 47403
Gratis desde EE. UU. al 877.407.5847
Gratis desde México al 01.800.288.2243
Gratis desde España al 900.866.949
Desde otro país al +1.812.671.9757
Fax: 01.812.355.1576
ventas@palibrio.com

DE STANISLAVSKI
A NOSOTROS

ÍNDICE

EL ESCENARIO 1
EL MÉTODO 5
CUANDO LA ACTUACIÓN ES UN ARTE 11
ACCIÓN 25
IMAGINACIÓN 36
CONCENTRACIÓN DE LA ATENCIÓN 43
RELAJACIÓN Y DESCANSO DE LOS MÚSCULOS 52
UNIDADES Y OBJETIVOS 58
FE Y SENTIDO DE LA VERDAD 65
MEMORIA DE LAS EMOCIONES 78
COMUNIÓN 89
ADAPTACIÓN 99
FUERZAS MOTRICES INTERNAS 109
LA LÍNEA ININTERRUMPIDA 112
EL ESTADO INTERNO DE CREACIÓN 116
EL SUPER OBJETIVO 121
EN EL UMBRAL DEL SUBCONSCIENTE 126
BERTOLD BRECHT Y CONSTANTIN STANISLAVSKI 133
MANERA DE EPÍLOGO 136
BIBLIOGRAFÍA 139
BIOGRAFÍA 141

Desde hace mucho tiempo he venido teniendo las motivaciones para hacer un análisis sobre el método de Stanislavski. Y lo creo necesario, con el fin de hacerlo más accesible, sobre todo a actores y directores noveles.

Aún subsisten errores de interpretación o juicios incompletos sobre algunos tópicos del trabajo de ese gran maestro ruso, que, a mi juicio, se han tomado a la ligera, y no ubican en su especificidad el contenido y forma de su método de formación de actores.

Me refiero, entre otras, a declaraciones ocasionales de algunas celebridades del mundo del teatro, y voy a poner sólo dos ejemplos: en cierta ocasión un grupo de actores y directores reunidos con el gran director alemán Bertold Brecht, le preguntaron si su método negaba a Stanislavski. A lo que Brecht respondió:

—Digamos que vamos al mismo lugar por distintos caminos.

Como vemos, es una frase para escudriñar. Y lo primero que salta a la vista es que se está refiriendo al trabajo de dirección, no al de actuación, porque Brecht sí sabía y valoraba cuánto debía su trabajo al método de actuación de Stanislavski.

Él estaba consciente de se debía ver al director del Teatro de Arte de Moscú en dos vertientes muy bien definidas: Stanislavski el director y Stanislavski el pedagogo.

El otro ejemplo es el caso del gran maestro de Actor´s Studio Lee Strasberg, quien, ante una pregunta de la prensa, dijo que Stanislavski era un ¨naturalista¨.

Y por supuesto que lo era, pero en este caso se estaba refiriendo también al Stanislavski director. De aquí que muchas personas tomen la palabra naturalista y la repitan, dándole a la calificación un sabor de culpa.

Más adelante, cuando analicemos el método de actuación y dirección, trataremos de entender a los dos Stanislavski, pero ahora me parece más importante tratar de situarlo en contexto.

EL ESCENARIO

En la segunda mitad del siglo XIX, Emile Zolas y Gustave Flaubert (pero sobre todo Zola, padre del naturalismo, del que hablamos), generan este movimiento de ideas influenciado por el determinismo, que fue un movimiento filosófico que situaba el desarrollo del individuo en la naturaleza y su medio socioeconómico.

Estas ideas podemos verlas en lo que Zola plantea en el prólogo a su novela "Therese Raquin", escrita en 1867, y serían la esencia de este movimiento estético en la literatura, que se convertiría en un movimiento europeo, no copiado al estilo de Zola, sino, con características distintas en cada territorio.

Para ilustrar lo antes dicho, con el objetivo de dejar un sabor a ideas claras de lo que fue el naturalismo y sus principales artífices en el mundo de entonces, mencionaré algunas figuras descollantes.

En Alemania lo impulsaron los hermanos Hauptmann, Carl y Gerhart, aunque los historiadores y críticos les atribuyen su introducción a Johannes Schlaf y Arno Holz. El más destacado y conocido, sin dudas, fue Gerhart Hauptmann. Aunque es importante aclarar que este movimiento en Alemania fue esencialmente teatral.

Verismo, fue el nombre que asumió en Italia con la principal figura, Giovanni Varga, importante novelista, cuyas obras fueron llevadas al cine y al teatro, y fue muy traducido, sobre todo al español. Acoto que fue objeto de una gran polémica su fecha y lugar de nacimiento. "Los Malavoglia" es una novela considerada por los críticos como su obra maestra.

También se destacaron, Matilde Serao y Luigi Capuana, aunque existen muchos más, considerados de menor importancia, pero que hicieron su parte en la extensión de esta idea creativa.

El excelente novelista y poeta lirico ingles Thomas Hardy es considerado el cantor del naturalismo británico. Y en el teatro se destaca especialmente el Premio Nobel de literatura en 1925 (y Oscar en 1938) George Bernard Shaw, quien aprovechó la estética naturalista del dramaturgo noruego Henrik Ibsen.

En Rusia el naturalismo es introducido por el crítico literario, periodista, lingüista y filósofo Visarion Velinski. Hombre un tanto radical, perseguido y censurado por el zarismo, ya en su lecho de enfermo irrecuperable escribe una carta a Gogol a raíz de éste publicar una "Selección de cartas a mis amigos", donde el autor de "La Madre" deja ver un abandono de la ideología que profesaba. Dicha carta es considerada la joya de la crítica literaria del siglo XIX ruso y fue seguida por el propio Gogol, Dostoievski, Goncharov, Chejov y otros.

En España nos encontramos al novelista, dramaturgo y cronista Benito Pérez Galdós, de origen canario, considerado uno de los más grandes escritores de la lengua española, con una gran producción literaria en estos campos. Otro importante exponente de este movimiento fue Clarín, seudónimo que uso Leopoldo Alas, quien escribía en el periódico el "Solfeo" a petición de su dueño, Antonio Sánchez Pérez.

Podemos mencionar también a Vicente Blasco Ibáñez, escritor, periodista y político español.

En Latinoamérica el naturalismo tuvo su representación, vinculada al indigenismo que luchaba contra la discriminación indígena.

Aquí hubo obras y nombres importantes, como, por ejemplo, en Puerto Rico, Matia González García y Manuel Zeno Gandía. "La charca", novela de este último (donde incluso la naturaleza se perfila como un personaje más) el autor ataca la marginación, el abandono, la exclusión.

Debemos mencionar igualmente al chileno Augusto de Halmar, a las peruanas Clorinda Matto (cuya novela" Aves sin nido", fue coronada con el éxito), y Mercedes Cabello. Su novela "Blanca sol" causo controversias.

Otras obras del continente a citar seria "Música sentimental", del argentino Eugenio Cáceres, que presenta a las clases privilegiadas en decadencia. En México, Vicente Riva, Ángel del Campo (con su seudónimo de "Micros") y tambien el autor de la célebre novela "Santa", Federico Gamboa.

En Cuba nos encontramos con Carlos Loveira, con su novelas "Inmorales", "Generales y doctores", "Los ciegos", "La última lección" y "Juan criollo", junto a Miguel de Carrión, y su novelas "La esfinge", "Las impuras", "Las horradas" y "El milagro".

La llegada tardía del naturalismo a los Estados Unido deja ver muy poco, según historiadores y críticos, y se pudiera mencionar "Una tragedia americana" de Theodore Dreiser y el periodismo de Truman Capote.

El naturalismo se va perfilando como una fuerte corriente universal, desde la segunda mitad del siglo XIX hasta nuestros días. Se considera un movimiento estético como derivación del realismo, y ambos constituyen una reacción contra el romanticismo. El naturalismo y el realismo se parecen tanto que en ocasiones existen confusiones entre elementos de uno y de otro.

Algunos tópicos no entran mucho en discusión, como, por ejemplo, que el realismo es más descriptivo y representa a las clases poderosas, mientras el naturalismo abre el espectro social en toda su complejidad y es mucho más crítico.

A finales de ese mismo siglo XIX nace un movimiento literario de vanguardia, de importancia vital para el teatro moderno: el simbolismo. Este movimiento tomó como bandera el ir en contra de la declamación, la falsa sensibilidad, la descripción objetiva y hasta de la enseñanza. Para ellos, el mundo es un misterio que hay que descifrar,

El Simbolismo es movimiento que nació en Francia y Bélgica, a partir de su manifiesto publicado en 1886. A la cabeza de este intento están los franceses Jean Moreas, Arthur Rimbaud, Charles Baudelaire y el norteamericano Edgar Allan Poe, entre otros.

Pero para el teatro, específicamente, nace la ¨pausa¨, resultando tan o más importante que el texto mismo en determinadas circunstancias.

Antes de la pausa, en el teatro clásico, el texto se escribía en versos, con un ritmo interno y externo que no podía romperse, y la pausa resulto ser el momento más importante para el público poder comunicarse con la interioridad del personaje. El público pudo buscar las intenciones escondidas detrás del texto en la pausa.

La conciencia organiza las ideas, cargando las palabras con las intenciones necesarias, con la calidad e intensidad de las emociones. Dicha calidad, tiene que ver con el modo de decir y la intensidad con las proporciones en las respuestas o argumentos, aunque también juegan su papel la personalidad, los valores cognitivos, etc.

Esto de alguna manera el actor lo va a reflejar en sus expresiones físicas: de ahí la importancia de la pausa, fructífera para enriquecer el fenómeno de la comunicación actor-publico. Antes de la pausa, existía el aparte. El aparte era el momento de sinceridad del actor, que así informaba al público sobre la razón de ser y el momento que vivía, el comportamiento escénico de su personaje, para que se pudieran entender sus razones. No debemos confundir el aparte con el monologo, que nace mucho después.

En estos avatares del tiempo, conforme la sociedad europea va entrando en la modernidad, entre otros resultados, va perdiendo la fe en la palabra. Ya las sociedades comienzan a no creer en la palabra como en otros tiempos.

Y es ahí cuando se produce un momento especial en la historia del teatro. Es cuando Vladimir Ivanovich Nemirivich Danchenko -pedagogo, actor y director, fundador en 1898 del Teatro de Arte de Moscú junto a Stanislavski- le presenta a este último a un joven médico que pasaba por una crisis existencial, después del rotundo fracaso poco tiempo antes de la puesta en escena de una de sus obras teatrales (La gabiota).

Cuando Danchenko tiene conocimiento del manuscrito se da cuenta de inmediato de que el texto había caído en las manos equivocadas para su montaje, y une a aquellos dos hombres en el Teatro de Arte de Moscú: Konstantin Stanislavski y Antón Pavlóvich Chejov. Nada mejor pudo haber sucedido para la historia del teatro moderno.

EL MÉTODO

Para hablar de Stanislavski y su método, se me ocurre como idea de importancia vital, comenzar por algunos hechos históricos que pudieran considerarse los antecedentes que encuentra el maestro para producir su obra.

Esta carrera o etapa del teatro comienza por la corte de Weimar, en Alemania, centro de gran importancia intelectual, donde aparecen nombres que hacen importantes aportes al arte, como el de Goethe (1749-1842) y Schiller (1759-1805), y más tarde el Duque De Saxe Meninge (1826-1914). Este último había fascinado a toda Europa con sus espectáculos.

Pero el golpe más efectivo lo encontramos en André Antoine (1858-1943), quien es el primero en quitarle las luces al lunetario, dejando al público a oscura, y creando el foco de atención y generando así la atmósfera mágica del escenario.

Alrededor de este hombre hubo mucha polémica, sobre todo por su realismo, considerado extremo para la época, que lo llevó, por ejemplo, a que en una escena con carniceros, éstos debieron trabajar cortando carne real. Y en otro caso, soltó gallinas vivas, sobre el escenario.

Otro hecho histórico, importante para lo que nos ocupa, es la aparición en la primera mitad del siglo XIX del método científico experimental.

Esto dio lugar a que tan temprano como en 1879, Wundt creara el primer laboratorio de Psicología Experimental, en la Universidad de Leipzig. También debemos considerar al psiquiatra austríaco Sigmund Freud, siete años mayor que Stanislavski, y quien en su momento revolucionó el mundo de la Psicología con sus trabajos sobre el Psicoanálisis. Estos son algunos de los hechos más importantes que se ubican en el marco epocal de la historia que contamos. Desde luego que existen muchos más, además de una historia muy rica en anécdotas creativas, pero no es lo que ahora nos ocupa.

Stanislavski fue un hombre dotado de olfato de felino, y vista de águila. Este hombre que fue gran observador de su realidad, lector y estudioso, como esos seres humanos que aparecen en las disciplinas para empujarlas hacia adelante. Es él quien nos regala el primer método de actuación, escrito desde la A a la Z, detallando paso por paso cómo debía ser el actor que él necesitaba para su teatro, y que devino con el tiempo en una nueva estética o forma de enfrentar el hecho teatral.

Él sabía lo que quería, sabía cuán urgente resultaba sentar distancia con las falsas convenciones teatrales que lo precedían, y con este fin trabaja incansablemente, hasta crear su teatro y su método.

Desde sus primeros párrafos nos mete en situación. Aprovechando la narrativa en término de acción, nos lleva a un ejemplo ingenioso de como los actores trágicos de la época enfrentaban sus personajes. Por eso elige "Otelo, el moro de Venecia", de Shakespeare. Una tragedia muy viva en los escenarios de entonces, y con su visión de esta obra nos está dando un ejemplo de lo que se debe y de lo que no se debe hacer.

Los actores se preocupaban sobre todo por su imagen, por los colores del vestuario, el maquillaje, la indumentaria, y por hacer brillar el texto, los sonidos de la palabra, etc...

Y nos sorprende el Maestro cuando continúa siendo enfático en algo que considera básico antes del a puesta y ya en escena: la disciplina del actor.

Y digo "nos sorprende", porque de forma casi brusca, suspende un ensayo previsto con anterioridad porque sabe que sin disciplina interna y externa no es posible lograr nada en ninguna esfera de la vida.

La disciplina es la base fundamental para lograr lo que el ser humano se planifique. Y para darle más fuerza a su idea ante los actores, llega al extremo de que castiga al colectivo suspendiendo el ensayo.

Les aseguro que a un grupo de actores noveles, enamorados del teatro, no les hace mucha gracia que les suspendan un ensayo. Pero el maestro lo hace, para crear conciencia colectiva. Él no quiere una suma de individualidades: quiere un grupo en equipo. Que todo el mundo se duela individualmente cuando por su culpa castigan al colectivo, y que además aprendan a ayudarse en clases, en ensayos y en la puesta en escena. Que deseen trabajar con sus compañeros, que no sean como los actores de entonces, que no creían mucho en los ensayos en el teatro, y preferían la tranquilidad del hogar, y trataban de prepararse para sorprender a todos, incluyendo a sus propios compañeros.

Stanislavski desde su primera clase nos alerta sobre este grave error y sus consecuencias. Los ensayos deben ser en el lugar donde se va a trabajar, para que todo su entorno se ajuste a sus emociones. Cuando esto no sucede así, el cambio brusco que va del exterior al interior teatral sólo contribuye a desconcentrarnos y hasta el público se convierte en enemigo.

El actor no puede ensayar solo. Mucho menos en su casa y frente a un espejo. Porque el espejo nunca lo dejará observarse y actuar a la vez. Y terminará creándole hábitos difíciles de salvar.

Del mismo modo cuando concibe su personaje solo, terminará creando un mundo desconocido por sus compañeros y no podrá encajarlo en la obra, donde intervienen varios actores. El genial director y pedagogo aboga por la interrelación entre los personajes, donde se apoyen mutuamente, reaccionando a las acciones y gestos del otro, y esto no posible con el ensayo individual.

Cuando el director del Teatro de Arte de Moscú nos describe el escenario vacío, libre de las pesadas cargas mobiliarias (no más de las necesarias) y enfatiza áreas sólo con luces (pero que al mismo tiempo se dejan escuchar los ruidos de las voces y golpeteos del personal de tramoya) nos está alertando sobre el divorcio evidente entre estas acciones.

El área, convertida en un caos, trasmitirá automáticamente todo esto a la psiquis del actor y por esa vía no se lograrán resultados apetecibles.

E inmediatamente, dejando caer clavos sobre el escenario, que el actor ayuda a recoger, nos pone en la perspectiva de que él no está abogando por el silencio, sino que él está abogando porque todo lo que suceda esté vinculado al desarrollo de la acción escénica.

Así mismo, con la acción del actor al recoger los clavos nos dice, que el actor en el escenario tiene que estar ocupado física y psicológicamente, o ambas cosas a la vez, para poder lograr llevar a buen término el arte de actuar. Ilustrándonos, además, en el hecho de que el director en la práctica antes no existía, porque un director de nuestro tiempo, difícilmente permita este desorden. Quiere una maquinaria que actúe concentrada, y armónicamente, como piezas de un engranaje, para lograr un fin.

Antes de existir el método de Stanislavski, los actores carecían de una guía uniforme que les permitiera atravesar el accidentado camino de lograr el personaje. Todo se hacía a intuición pura. Cada actor tenía su propia visión sobre el arte de actuar y lo ejercitaba de acuerdo a sus luces. Con mucha frecuencia les ponían atención a lo que no debían, a menudo en plena función, y afloraban sensaciones de todo tipo que la conciencia no sabía cómo organizar y expresar en palabras y movimientos escénicos, conduciendo al caos y a la dispersión del mensaje que se quería trasmitir. Todo esto Stanislavski nos lo pone en conocimiento, con las peripecias narradas en su primer capítulo.

Esto les sucedía a los actores noveles y experimentados de entonces, incluso a los actores de cualquier época que no se toman en serio su trabajo. Y debemos fijarnos cuidadosamente que los actores descritos en este capítulo están constantemente centrados en estímulos exteriores.

El maestro elige cuidadosamente las escenas que describe. Pongamos atención en las ocasiones en que las escenas entroncan con la vida real, como, por ejemplo: todos sabemos, cada cual desde su personalidad y experiencia, desde luego, lo que nos sucede en un examen de clase, por mucho que hallamos estudiado y por muy seguros que estemos. Siempre nos asalta cierto estado de inquietud, a partir de la importancia que cada cual le atribuya al caso. La mayoría de los seres humanos podemos contar lo que nos sucede en cualquier espera que se estira más allá de lo aceptable.

En el caso que nos ocupa se trata de una prueba de aptitud, no de conocimiento. Y en esto, generalmente, el aspirante no tiene mucha idea sobre lo que va a suceder, creándose un poco más de tensiones que en las pruebas de conocimiento, a la que estamos más acostumbrados.

El director del teatro de la obra de Chejov "La gaviota" nos va conduciendo con manos segura y genial maestría por cada uno de los puntos que desea enfatizar, y así nos lleva a lo que él define como naturaleza, que termina siendo un concepto abarcador, y constituye la esencia de su método.

Lo va puntualizando en cada tópico que desarrolla. Y aquí nos está diciendo que el actor no podrá llegar al arte de actuar sin conocer la naturaleza humana, y que para lograr 'esto debe comenzar por escudriñarse a sí mismo, O sea, comenzar por un estudio concienzudo de su propia existencia y experiencias, para lograr acercarse al conocimiento de su personalidad, y deberá empezar por su infancia temprana, ya que casi todo lo que somos y vamos siendo hoy, comenzó allí.

El hecho de que los seres humanos seamos capaces de convertir ciertos sonidos en parte indisolubles de nuestro yo, como elemento importante de la experiencia social, nos dice que nuestras conciencias e inconciencias son de alguna manera programables. El nombre y los apellidos se convierten en nuestro yo, como identificación del mismo. Cuando escuchamos estos sonidos, automáticamente sabemos que somos nosotros, y esto nos acompañará durante toda nuestra existencia. Lo mismo ocurre con el significado especial de nuestra fecha de cumpleaños. El nombre y los apellidos de los seres humanos son de origen social, no natural.

El actor para estudiar las reacciones de su personalidad tiene que partir de ahí. Ahí nacen todos nuestros miedos, todo nuestro amor, todas nuestras avaricias, todos nuestros odios, todas nuestras ilusiones. Nacen todos los sentimientos que el excelente dramaturgo inglés William Shakespeare. entre otros genios, llevó a su máxima expresión.

Como es natural, estos son procesos muy complejos. No estamos hablando de ciencia exacta. Aquí nace también lo bueno, porque dependerá del prisma emocional a través del cual las naturalezas asumen los contenidos, que será muy casuístico y tendrá resultados disímiles.

Aquí se programa, para mal o para bien, toda nuestra existencia.

Konstantin Stanislavski

CUANDO LA ACTUACIÓN ES UN ARTE

El maestro invita a sus alumnos noveles a que se dejen llevar por la obra. Él sabe que el ser humano sólo se deja llevar por lo que disfruta o de alguna manera comparte. Y usa esta frase, cargada de contenido, que traducida al lenguaje llano, quiere decir: en las tablas, disfruten y compartan. Así se darán cuenta de cómo nace la intuición que los llevará a la subsconsciencia. No dejen nunca de disfrutar y compartir, porque ese es el arte: una forma bella de disfrutar y compartir.

Más adelante, Stanislavski nos alerta y nos invita a observar y a respetar el perfecto balance con que la naturaleza nos dotó. Entre la conciencia y la subsconsciencia. Él sabe, por sobrada experiencia, lo catastrófico que resulta cuando uno de estos dominios interrumpe al otro. Él sabe que cada uno tiene su función muy bien definida por la naturaleza; él sabe que la conciencia ordena, regula, y la subsconsciencia ejecuta, es por ello que nos dice que nunca la conciencia debe interrumpir la actividad psicomotora.

Él ha visto y estudiado la torpeza de los movimientos que se practican cuando aún no son subconscientes, y el embarazo de los actores noveles al sentirse observados. Nos invita a usar la conciencia, sus mecanismos disponibles, para estimular a la subsconsciencia y a no pasarnos de ahí. En resumen: nos invita a aprender a comportarnos en la escena, como lo hacemos en la vida; a ser lógicos, coherentes, esforzados, a sentir y obrar conforme a nuestra naturaleza. Él quiere que su actor siempre parta de su naturaleza, para enfrentar el rol que todo su aparato psicomotor y su conciencia estén en función del personaje. Que tomando todos sus procesos internos y adaptándolos a su personaje, vivan su papel.

Cuando le dice a sus discípulos que su papel no es representar la vida externa del personaje, sino buscar sus interioridades para encontrar su alma, nos está diciendo algo similar a lo que dice Miguel Ángel, el genio renacentista de la pintura y la escultura, contemporáneo de Da Vinci; cuando observa la piedra en bruto, materia prima, donde esculpirá su David. "Míralo, lo veo, está ahí... sólo hay que dejarlo salir."

Entonces quiere decir: no busquen la esencia del personaje en el texto, búsquenlo en su alma y déjenlo salir. El personaje es su mundo espiritual, su mundo sentimental: aprovechen las conexiones naturales de la conciencia, con su mundo interior, y tráiganlo. El trata de hacernos comprender que un personaje, como nosotros, es una estructura de sentimientos que actúa por motivaciones, y su apoyo en este caso son las motivaciones plasmadas en el texto.

El Maestro insta a que encontremos lo mejor del arte y tratemos de entenderlo. Esto, porque el está consciente, de que la actuación va algo más allá de lograr la veracidad sentida. Sabe que la belleza está en la riqueza emocional que el actor sea capaz de poner en su personaje y que para ésto el actor necesita experimentar; si no experimenta, no acumulara esa riqueza que debe llevar a su personaje y eso debe buscarlo en la vida y en lo mejor del arte.

Stanislavski nos llama la atención para hacernos comprender que el arte que él quiere está en la naturaleza humana, en su balance natural y armonioso. Eso es lo que desea llevar a escena. Quiere ver la vida reflejada en ella, que fluya como la corriente de un manantial, sin interrupción. Por ello la llama naturaleza, porque es lo que más claro quiere dejar sentado.

Pero para que esto suceda, el actor necesita estar preparado, debe tener un aparato físico y bucal preparado bien entrenado, que responda a las exigencias de la escena. Debe además apoyarse en lo mejor de las otras artes, así como enriquecer su vida en el seno de la sociedad, que es a la que pretende representar e influenciar.

Pero casi enseguida nos alerta sobre lo imposible de lograr la perfección que logra la naturaleza por ningún medio técnico o artificial, porque no quiere ser mal interpretado y provocar decepciones. Pide esforzarse al máximo, para imitar a la naturaleza. Pero cuidado: nunca se logrará su perfección. Pero desea llegar a un nivel que permita la identificación del actor con el personaje y el público con éste, porque él quiere dejar huellas imborrables en el espectador, que contribuyan al mejoramiento humano y en ello centra todo su esfuerzo. Esto quiere lograrlo, inequívocamente, a partir de las bases orgánicas de las leyes de la naturaleza, esas mismas que llevarán al actor de las manos, por el camino correcto del rol. Quiere estar seguro de que los actores conocen dónde están las ventajas y los límites del verdadero arte, qué nos permiten sus leyes y qué no, y dónde están los límites del arte y la naturaleza, para que puedan lograr su trabajo en todo tiempo y cada vez.

"El arte de la representación debe ser perfecto si ha de ser arte."

Esta sentencia del maestro, que en algunos momentos ha resultado polémica, y algunos dicen contradictoria, a mí me parece de gran fundamento y para nada polémica, ni contradictoria. Yo creo que si bien, Stanislavski aclara lo imposible de lograr por nosotros la perfección natural para la escena, y hasta parece que debido a nuestras propias limitaciones no estamos preparados para lograr la perfección en casi nada, nos invita a tender a eso.

No obstante, él quiere acercarse lo más posible a la perfección, y sabe que la única forma de lograrlo es persiguiéndola. No quiere dejar el sabor mental de "para qué luchar por lo imposible". Por eso a esta sentencia le da carácter de axioma, y la expresa de forma contundente.

Más adelante insiste en la necesidad de las emociones naturales y la cooperación de la naturaleza para alcanzar el proceso creativo, y que éste no se logrará si no entra en juego el sentimiento, ya que si no hay sentimiento, no hay arte. Porque nunca habrá arte verdadero, en ausencia de la vida sobre las tablas. El arte, como la vida, está contenido en el sentimiento.

Nos aclara, además, que en nuestro arte no se puede recordar un sentimiento si no se ha experimentado. Sin la experiencia no podrá recordarlo, no podrá enriquecer su personaje con sentimientos que no se han guardado en su sistema. Cuando esto sucede, el actor no tiene cómo encontrar su verdad y le será imposible convencer a su público y lograr que participe de sus emociones. Su personaje no se logrará y por tanto decaerá irremediablemente. Será un fracaso.

El maestro ya, de alguna manera sabía, intuía lo que la ciencia demostraría después: que en la toma de decisiones juegan un papel importantísimo las emociones. Nos encontramos con muchas teorías que defienden la posición de que las decisiones son el resultado de análisis concienzudos y mesurados, capaces de aislar las emociones. Sin embargo, las ciencias evidencian que las emociones están en el centro de toda decisión, porque este proceso de tomar decisiones se elabora en áreas cerebrales involucradas con las emociones. Siempre se produce un choque entre lo emocional y lo racional, y en esta trifulca una de las dos sacará ventaja. Pero no existe posibilidad de que una pueda anular a la otra.

Benjamin Libet demostró en sus estudios en la Universidad de California, que existen áreas del cerebro que se activan antes de hacer consciente la necesidad de mover una pierna. Y así otros procesos agregados que no alcanzan la conciencia. Por otra parte nos encontramos con un porciento bien significativo de seres humanos que actúa en busca de recompensas inmediatas, sin siquiera un análisis de consecuencias. De todos modos, esto es tema de estudio de las ciencias y sus experimentos para encontrar respuestas de por qué actuamos cuando actuamos.

Por ahora la ciencia apunta a que el razonamiento tiene como guía la emoción para la toma de decisiones. Las investigaciones de muchos neurocientíficos apuntan a que el área orbitofrontal, ligada íntimamente con los centros emocionales, resulta central para la toma de decisiones, asi como también, la corteza prefrontal dorsolateral y dorsomedial. Todas ligadas juegan un importante papel en este proceso, unidas además al estado de ánimo. Todo esto es determinante en ese complejísimo mecanismo cognitivo. La premura en la toma de decisiones, estará medida por el estado de ánimo. Probablemente un sujeto depresivo demore más el proceso de toma de decisiones que un obsesivo. Es posible que éste último busque más la recompensa inmediata y quizás, sin mucha estrategia, parecido al impulsivo, quien es posible vaya más en busca de la necesidad de riesgo.

Como sabemos, el lóbulo frontal humano es el centro que nos hace distintos a las demás especies: es aquí donde se elaboran todas las estrategias y los planes para lograrlas. Es aquí donde se regulan y cohesionan las capacidades cognitivas, emocionales y conductuales, para responder a los retos que nos impone la vida. O sea, es donde se elaboran las llamadas funciones ejecutivas, divididas en metacognitivas, donde se albergan el pensamiento abstracto, la memoria de trabajo, y la planificación, y se elaboran las acciones, y además, la motivación y emoción, que cohesionan las emociones y la cognición, para llevar los impulsos a buen puerto.

* * *

En casi todas las culturas, el niño, mientras se desarrolla, debe dedicarse a obedecer, y en este afán de que obedezca se crean todo tipo de castigos, incluyendo físicos, ideando así la receta perfecta para la represión de los instintos. Y como los instintos no se pueden reprimir, saldrán de todas maneras, a menudo por veredas insospechadas, marcando con mucha fuerza la personalidad del individuo. Como asumimos que el niño no entiende, nos dedicamos a darles órdenes sin muchas explicaciones... que el niño terminara asumiendo para evitar los castigos dolorosos.

Existen muchas expresiones ilustrativas: ¡qué niño más bueno! ¡Es tranquilito y obediente! ¡Es un niño modelo ¡¡ siempre está limpiecito! ¡Es terrible ¡¡ qué malcriado es ese niño! ¡Es muy inquieto!!... En el fondo todas estas expresiones son la prueba inequívoca de que no entendemos nada.

Nadie piensa en crear situaciones y juegos accesibles para ayudar al niño a desarrollar una conciencia de responsabilidad, a desarrollar su capacidad de juicio, a crear mejores ciudadanos.

En esta etapa, tan importante en el desarrollo de la personalidad, donde juegan un papel de punta los factores cognitivos o cognoscitivos conductuales, es donde podemos ayudarlo a convertirse en lo que será mañana, para bien o para mal. Cognitivo o cognoscitivo, son términos que se usan en las ciencias para todo lo que tiene que ver con el conocimiento. Pero un poco más específico, es todo lo que tiene que ver con la asimilación del conocimiento y la conducta como respuesta a dicho conocimiento, como factor específico de la personalidad, y nada tiene que ver con la inteligencia o el coeficiente intelectual.

Aquí, en ésta etapa del desarrollo, es donde podemos ayudar a prevenir los prejuicios cognitivos, o lo que es lo mismo, la afectación del modo en que se capta la realidad. Recordemos que como ser social, desde temprano, el individuo pondrá su atención en juego para entender dicha realidad, y que esto le permita así integrarse a su medio natural y social.

Un amigo me dice que le estoy pidiendo peras al olmo, porque los padres no están preparados para eso y creo que tiene toda la razón. Pero también pienso que la cultura que no nace, es cultura que no se desarrolla.

Regresando a lo que nos ocupa, este es el campo obligado que Stanislavski nos propone como el presupuesto ineludible que el actor debe asumir.

Los procesos en el desarrollo de los instintos, esas reacciones bioquímicas del organismo, son iguales para todo el mundo. Ya en 1872, en su trabajo, "La expresión de las emociones en humanos y animales", Charles Darwin encontró similitudes en emociones básicas expresadas por los humanos en otras especies, como son la alegría, ira, tristeza, miedo, asco y sorpresa. O sea, que encontró una forma de manifestación común en distintas especies.

Más adelante, Paul Ekman rescató del olvido estos trabajos y los llevó al plano de las distintas culturas, y dejó sentado que estas emociones tienen similares formas de expresión, independientemente de la influencia o no de las culturas, hasta en personas ciegas de nacimiento. Planteando así la tesis de que dichas emociones básicas, son innatas, y están asociadas a expresiones básicas distintivas.

Bueno..., pero esto mejor se lo dejamos a los especialistas. Lo que sí es casuístico es la manifestación en cada individuo. Y en este es nuestro campo de estudio, es aquí donde el actor debe encontrar los elementos que le ayuden a comprender su personalidad, acercarse a la comprensión de sus semejantes y finalmente entender y proyectar al personaje que debe interpretar.

Cuando Stanislavski nos habla de subconsciencia nos está llevando a ese espacio de la naturaleza humana donde la conciencia hasta hoy no ha podido llegar. Allí existe nuestro gobierno, nuestra felicidad o nuestra tortura. El subconsciente responde a una lógica absolutamente de protección natural. Nada tiene que ver con la lógica social y de convivencia. Su labor se centra fundamentalmente en la protección de la especie. Sentimos deseos de llorar y no podemos evitarlo. Sentimos deseos de reír y no podemos evitarlo; sentimos deseos sexuales y no podemos evitarlos, sentimos miedo y no podemos evitarlo, sentimos ira y no podemos evitarlo, sentimos odio y no podemos evitarlo, en fin... Allí se originan todos los procesos que afectan nuestras vidas sin que podamos evitarlos.

Los neurocientíficos e investigadores han descubierto zonas específicas del cerebro asociadas a estos instintos, o que, por lo menos, juegan un papel importante en ellos. Es muy difícil encontrar un solo lugar en el cerebro responsable de alguna actividad específica, pero sí están claros los puntos que juegan un papel fundamental, como, por ejemplo, las amígdalas, que son las que en gran medida guardan estos instintos básicos. Se localizan situadas en el cerebro profundo, formando parte del sistema límbico, en la profundidad de los lóbulos temporales, y son formaciones neurales en forma de almendras. Ellas se encargan de protegernos, nos crean actitudes defensivas ante el peligro y guardan todos nuestros traumas en el camino a la adultez, tomándolos como experiencias para alejarnos de los momentos de peligro, y así llevan a la especie en su tortuoso camino al desarrollo natural.

Cuando el niño nace, todos sus movimientos y sonidos guturales son erráticos, fases de dislalia y ecolalia, y a medida que pasan los días, tratará de alcanzar con sus manitas todo lo que tenga cerca y tratará de repetir los sonidos que escucha. De este modo va adquiriendo relación de distancias, colores, tamaños de los objetos y las personas, el reconocer las voces, etc. A medida que estas experiencias van al sistema de grabación de huellas de la inconciencia, se van automatizando y así convirtiéndose en más precisas huellas que no deje su imagen grabada allí, huella que no se manifestara como experiencia, en este proceso que alcanza todo nuestro camino por la vida, todo lo que sea grabado en nuestra inconsciencia, podremos ejecutarlo de forma automática y será manifestación genuina de nuestra personalidad. Desde luego, estamos hablando de la memoria implícita, de la que nos permite caminar, mover los brazos, asir con las manos, comer, montar bicicleta, manejar; es la que pasa por el hipotálamo rumbo a la médula espinal para producir el movimiento o la acción, acción que el cerebelo rectifica constantemente para que se realice con la energía y precisión necesaria, ni más ni menos. No confundir el hipotálamo con el hipocampo. El hipotálamo, junto con la pituitaria (entre otras cosas) regula el sistema endocrino. El hipocampo tiene que ver más con la memoria en el sistema límbico.

El ser humano no puede tener percepciones sin experiencia o conocimiento de los fenómenos. Toda la información que nos llega por vía de los sentidos -me refiero a los cinco sentidos- será en forma de sensación: la percepción se completa, se logra, con el conocimiento, o sea, cuando escuchamos el sonido de un claxon, por ejemplo, identificamos el automóvil, porque ya tenemos grabado en la subconsciencia la imagen del automóvil y no necesitamos verlo para completar la percepción. Cuando escuchamos un trueno, nos imaginamos la tormenta utilizando la huella grabada con anterioridad.

El proceso de escuchar está en la identificación del emisor, y de este modo aprendemos a escuchar. Cuando no identificamos el emisor, nos hemos quedado en la sensación, o sea, no hemos escuchado. Todos estos fenómenos se dan por asociación. Si no tenemos imágenes grabadas en el sistema, no habrá asociación. En cada uno de los sentidos se manifiestan del mismo modo, y estamos hablando de la asimilación que sucede con ayuda de la conciencia.

Existen otras asimilaciones de conocimiento que nos llegan a través de los sentidos, pero por vía subliminal, a sea, sin conocimiento de la conciencia. Es por ello que en ocasiones se nos hace difícil y hasta imposible lograr encontrar la fuente de algunas asociaciones. A veces recordamos acontecimientos de nuestras vidas, sin aparente razón. Y digo aparente porque siempre habrá una razón, aunque no seamos conscientes de eso y esto generalmente se debe, como fuente generadora de sensaciones, a un olor, sonido, canción, imagen, contacto, etc.

El sentido del tacto es quizás el más importante para la existencia. Está presente en todo nuestro cuerpo, es el responsable de protegernos de muchos peligros. Si no fuera por él no sentiríamos dolor, nos pudiéramos despedazar sin darnos cuentas, quemarnos.... Pero también nos permite aprender y diferenciar las características de las superficies, esto es, si son lisas, rugosas, suaves, etc., así como forma, tamaños y volúmenes en general de todos los objetos. También nos permite percibir los cambios de temperatura, las sensaciones placenteras para lograr orgasmos y procreación, etc.

El sentido del gusto está en la boca y específicamente en la lengua. Ahí tenemos las papilas gustativas, situadas en distintas regiones de la mismas, con formas y funciones muy específicas. En combinación muy precisa con el olfato nos permiten grabar en nuestra inconciencia la amplia gama de la cultura de los sabores y textura de los alimentos, según cada caso, para permitirnos, por asociación con las imágenes grabadas, llegar a la percepción de lo dulce, lo acido, lo viscoso, lo liquido, lo caliente, lo frio etc....

El olfato es sentido se ubica en la nariz, como sabemos. Mediante células muy complejas puede percibir los olores, que son emanaciones químicas volátiles proveniente de los cuerpos. Las grabaciones de estos olores en la memoria nos permiten la percepción de los cuerpos de donde provienen. Por previos conocimientos asociamos los olores con dichos cuerpos. Los olores pueden modificar nuestra conducta, de ahí la importancia que debe prestarle el actor.

Al sentido de la vista, los ojos, las cosas le son sensibles por sus longitudes de ondas de radiación electromagnéticas, de longitudes muy específicas, que registramos como sensación de luz. La mayor o menor absorción de luz por los cuerpos es la que nos permite la percepción de colores.

Los ojos nos permiten aprehender el mundo que nos rodea, en sus dimensiones y matices, para poder movernos dentro de él. Ellos hacen cognoscibles para nosotros el mundo que nos rodea en su forma más compleja. Los ojos nos permiten ver solo un punto a la vez: si se alarga el brazo y se mira el dedo pulgar estirado, será sólo eso lo que se vea. En el resto del espacio seremos literalmente ciegos, pero su ojo se moverá a una velocidad imperceptible. Sumando puntos similares y mediante una complejísima operación, el cerebro nos dará nuestra sensación de continuidad en el espacio y así los ojos y el cerebro nos permiten crear un sentido de la belleza de las imágenes en la práctica social.

Como vemos, por medio de los sentidos vamos creando nuestra existencia, nuestra identidad. Desde nuestra niñez temprana, los sentidos van grabando en nuestra inconciencia lo que seremos mañana y en este sistema complejo de grabación de huellas, es donde el artista encontrará las herramientas y el presupuesto para su trabajo. El artista descompone estas imágenes en busca de una semiótica o significados particulares que le permita llegar con su discurso al público que le interesa y lograr su propósito. Los artistas en esta lucha constante para encontrar su semiótica, crean eventualmente las corrientes estéticas, alimentando así la cultura de su pueblo y la cultura universal.

Tolo lo anterior es con relación a lo que tradicionalmente conocemos como lo cinco sentidos, y digo tradicional, puesto que la ciencia cuestiona con mucha fuerza si son sólo cinco, ya que existen muchas situaciones que no pueden explicarse a través de ninguno de los cinco sentidos aceptados tradicionalmente.

Nuestros sentidos nos darán o nos harán llegar siempre información incompleta, consciente o inconscientemente, luego a velocidades de milisegundos la información va salvando distintos niveles, cada vez más complejos, donde van a encontrar el significado. Y todo esto tiene que ver con el estado emocional, riqueza cognoscitiva, y otros elementos de quien percibe. Por ejemplo, en el caso de la percepción visual, existen más de treinta sitios del cerebro por donde tiene que pasar la información hasta llegar al lóbulo occipital, para encontrar un significado. Ahí ya tendremos una idea del tamaño, color, lugar, valor de uso, etc...

Según la neurociencia, el cerebro ocupa hasta un 25 por ciento de su capacidad total para la percepción óptica, pero como dijimos anteriormente, la información que nos llega es siempre incompleta, porque nuestros sentidos no están dotados de condiciones naturales para la aprehensión fotográfica del mundo que nos rodea, y como tiene que ver además con nuestro estado de ánimo, capacidad de atención o riqueza cognitiva, sufrimos con frecuencia de ilusiones, o sea, distorsiones en la percepción de la realidad. Y esta condición natural, ha sido y es un alimento muy importante para todo el arte, pero donde más se aprecia es en las artes plásticas y el cine. Estas son, entre otras, armas fundamentales para el actor: debe conocerlas, estudiarlas, dominarlas.

Las neuronas que reciben las hondas electromagnéticas son especializadas, tienen funciones distintas y no son pasivas, y cuando usted observa una fruta sobre una mesa o colgando del árbol, unas neuronas se encargaran del color, el cual como tal no existe, ya que es absorción y refracción de la luz; otra de la forma, otra del movimiento, otra de la distancia etc, y les entregarán ese contenido a otras, que tampoco son pasivas, y convertirán el fluido electromagnético en fluído químico y otros procesos que continúan hasta llegar a las amígdalas, donde recibe un tinte emocional entre malo y bueno o entre castigo y recompensa.

Como ven, vivimos un poco en el pasado, porque necesitamos un tiempo para lograr la percepción, y por otro lado, la percepción que nos entrega nuestro cerebro, no es exactamente el mundo que vivimos.

Para el trabajo del actor va a resultar muy importante tener en cuenta el temperamento y el carácter del personaje a interpretar. El temperamento que es en gran medida de origen genético y el carácter -que se forma con nuestro desarrollo- conformarán nuestra personalidad, ese sello particular, casuístico, único de reaccionar ante los estímulos externos. La personalidad es la que nos hace distinto. Cada personaje va a tener un temperamento y a menudo, con elementos de otro, el temperamento generalmente no aparece puro, sino que se combina con otro, así mismo, y por esto, cada personaje va a expresar la manifestación de un carácter. La unión del temperamento y el carácter conformarán la personalidad del personaje. En ocasiones, por deficiencias del texto, hay personajes donde esta dualidad aparente es un poco ambigua, entonces el actor deberá encontrarle vida propia, crearle una personalidad. Tendrá que encontrar la forma particular de expresión del sentimiento y las emociones.

Stanislavski nos propone aprovechar la conciencia para hacer un estudio minucioso de nuestras emociones. En cada momento de la vida real, todas nuestras emociones son importantes, las más profundas y las menos profundas, y nuestras emociones siempre estarán con nosotros, realizando tareas o en estado de quietud. Éstas son las que el actor va a manipular, conscientemente, para hacerlas aflorar durante la trayectoria del personaje. Para entonces, el actor debe tener una honestidad a prueba de hecatombe, y no estoy hablando de honestidad en su vida personal, sino que a la honestidad que me refiero es esa que él va a utilizar para analizarse a sí mismo. El tendrá que hacer aflorar sus sentimientos genuinos y no puede engañarse. Si estos sentimientos no son genuinos, no llegaran al público y no lo conmoverán y convencerán, y el actor es el único responsable de que las emociones del personaje lleguen al espectador, equilibradas dentro de la intensidad necesaria, ni más ni menos. De aquí, la importancia del estudio minucioso de su estado de ánimo en cada manifestación de su personalidad, ya que en la medida en que sea capaz de conocer cómo se manifiestan sus emociones, le será más fácil reproducirlas en el personaje.

Muy a menudo, la práctica social marcada por la cultura de los pueblos, nos crea una lógica consciente que sustituye el instinto natural. Por ejemplo: usted, asumiendo su ideal consciente de belleza, podrá decidir con quien tiene un romance, con quien tiene sexo, con quien desea casarse y formar una familia, elegir el padre o la madre que desea para sus hijos, formar una pareja donde nazca el cariño y que sea la muerte quien los separe. Pero lo que si no podrá decidir es de quien se enamora, cómo ni cuándo. Y me estoy refiriendo no a la figura apetitosa que despierta todos nuestros deseos conscientes. Me estoy refiriendo a las explosiones químicas que escapan a la conciencia, perturbando el razonamiento lógico, creando euforias insospechadas.

Esto, en las parejas que responden a intereses de naturaleza social y económica, es mucho más común de lo que pudiéramos imaginar. No estoy diciendo si es bueno o malo, solo quiero decir que esto, con sus características y momentos históricos, viene con nuestra especie desde tiempos inmemoriales y aún persiste, consciente o inconscientemente. Me estoy refiriendo al estado de atracción incondicional, ese que usted no puede decidir conscientemente, ese que activa las manifestaciones somato-sensoriales, ese que activa los mecanismos de recompensa, ese que activa todas las áreas del cerebro que tienen que ver con las emociones positivas. Se sabe que la comunicación con el lóbulo frontal se apaga, y que es esta región donde se elaboran los juicios, la crítica y la duda. Se ha demostrado, mediante neuro-imagenes, que las regiones que tienen que ver con la regulación del miedo y las emociones negativas, se apagan, y se activan las áreas cerebrales que tienen que ver con los mecanismos de recompensa. Se activan con mucha densidad los receptores de oxitocina y vasopresina, y supone que tengan un absoluto control neuro-hormonal de dicha experiencia. Se ha demostrado que en los enamorados se encuentra en altísimo nivel la dopamina, y esta sustancia se asocia al placer, al dolor, los deseos y la euforia. Así mismo se sabe que caen a niveles insospechados los niveles de serotonina, muy importante para nuestro estado de ánimo y el apetito, en el otro caso que se observa, esto es, en los trastornos obsesivos.

Como podemos ver por los anteriores comentarios, esto es imposible de lograr por medio de la conciencia.

Dije anteriormente que al subconsciente no podemos entrar, pero Stanislavski, acertadamente, nos dice que estudiando nuestras emociones nos conoceremos mucho mejor a nosotros mismos, a nuestros semejantes, y tendremos las herramientas correctas para el trabajo del actor. Las herramientas del actor, entre otras, son las emociones, y dichas emociones llegan a la conciencia, procedente de la subconsciencia, y es aquí donde el actor tiene que estudiar detalladamente cómo se siente ante cada acontecimiento, cuando esta colérico, feliz, cuando toma café o agua, cuando está de fiesta, viendo deporte; cuando está de viaje, cuando se enamora etc. En algunos casos, puede que encuentre la razón de su modo de reaccionar ante determinados eventos de su vida, en muchos casos, no los encontrara, porque se han olvidado, o no se adquirieron por vía consciente, muchos son difíciles hasta para los especialistas.

Por ejemplo: mi país, Cuba, donde el habitat natural no puede ser más inofensivo, ya que no existen grandes depredadores que pongan en peligro la vida humana, existe el cocodrilo, pero en criaderos muy bien localizados, y éste no sale a cazar animales o personas. Vive en ciénagas, donde sólo se encuentra el personal que trabaja con ellos. De los demás reptiles, ninguno es peligroso: el maja de Santamaría, que es el más grande, se alimenta de ratas y animales pequeños. Lo mayor que pudiera tragarse sería una gallina, un gatico pequeño, etc., pero este animalito no muerde, no tiene dientes que se lo permitan. Los demás tienen las mismas características, sólo que son muchísimos más pequeños. O sea, el cubano nacido y criado allí, no tiene cómo encontrarse con experiencias donde existan riesgos para su vida. Sin embargo, conozco personas que nunca han salido de la isla y ante la presencia de una ranita, culebra, caguayos de cercados, etc., llegan a la fobia. El actor debe tener claro que el sentimiento es la manifestación consciente de las emociones.

Lo importante para el trabajo del actor no es encontrar el por qué. Lo verdaderamente importante es hacer un minucioso trabajo de introspección con su forma de conducirse y reaccionar en cada momento de su existencia: ahí estará todo el material que va a necesitar para su labor artística, para lograr el arte de actuar. Mientras más se conozca a sí mismo, más cerca estará de encontrar la actuación verdadera, y poder entrar en la vida del personaje, conocer sus reacciones, hacer consciente su comportamiento Y esto es un problema de tiempo, es un proceso, es un habito que el actor debe crearse, y ahí encontrara todas las herramientas y medios que lo acompañaran en toda su vida profesional.

No debemos olvidar que el cerebro humano es la maquina más perfecta conocida en el universo. Parece ser la única capaz de ser consciente de su conciencia y parece ser la única capaz de pretender estudiarse a sí misma. Finalmente parece ser la máxima expresión de la naturaleza, y el actor trabajará con resultados que están en esa naturaleza. Por lo tanto, deberá tratar de conocer como funciona la fuente de su trabajo, su motor, y saber que siempre tendrá que partir de su naturaleza.

A todo esto es a lo que Stanislavski llama "naturaleza", porque él sabía que sin naturaleza no hay nada, del mismo modo que no hay gramíneas, no hay patatas, no hay boniato, no hay yuca... no hay historia, no hay filosofía, no hay arte, no hay vanguardia artística. Si se trabaja con naturaleza, hay que partir de ella. Usted podrá hacer un estudio minucioso de las imágenes y crear su propia semiótica o simbología, y eventualmente una corriente estética, pero siempre tendrá que entrenarse a partir de su conciencia, para que ese sistema de signos y símbolos se convierta en subconsciente y finalmente, llevarla a las tablas. Es aquí donde nadie escapa de Stanislavski y sus ideas. Usted podrá negarlo, podrá no saberlo, pretenderá ignorarlo, pero siempre el estará ahí, y esto será así mientras las artes escénicas se realizasen con seres humanos.

La relación que existe entre consciencia y subconsciencia o inconsciencia, es el talón de Aquiles del actor.

El actor tiene que conocer al dedillo las manifestaciones de estos dominios, hasta dónde puede llegar uno y dónde no, con relación al otro. Este es el reto más importante que tiene por delante. Todas las tensiones innecesarias en la escena que destruyen el trabajo del actor, estarán dadas en gran medida, y se producirán, cuando el actor trata de sustituir el trabajo de la subconsciencia con la conciencia; creando un conflicto que no puede superar, y es cuando aparece la actuación forzada o sobreactuación.

La naturaleza es tiránica y no admite intromisiones en sus dominios. La naturaleza lo plantea todo en equilibrio. En la inconciencia se albergan los sentimientos y los instintos y a conciencia los regula y los conduce por la belleza y el desarrollo de la especie. Pero la conciencia, también, crea los conflictos y las catástrofes humanas, aunque sin alejarse de las emociones.

El actor tiene además que ser hermenéuticamente activo, esto es, saber conocer, para desarrollar la capacidad de juicio, y acercarse así, lo más posible, a la interpretación correcta en su camino, al propósito de lograr una buena actuación. A menudo, un juicio equivocado suele ser catastrófico para el trabajo del actor.

ACCIÓN

El Maestro nos ilustra desde sus primeros ejemplos, en sus ejercicios, lo que le sucede a un actor cuando no tiene definido lo que va a hacer en escena. Y esto lo ha experimentado muchas veces.

Es por ello que Stanislavski nos alerta sobre la necesidad del propósito. Porque el actor siempre va detrás de un propósito. Nunca subirá a escena sin este presupuesto. Porque él sabe que ésta es la base de los movimientos y las emociones. Y sin esto, el actor pierde el asidero y se pierde. No sabe a qué atenerse.

A partir del asidero, claro y conciso, nace la actividad interna -que es lo más importante para el trabajo del actor- de donde nacerán irremediablemente sus acciones. Aunque, desde el punto de vista artístico, lo más importantes es la actividad interna, y los movimientos son su expresión genuina. La inmovilidad física no siempre es el resultado de una intensidad interna, porque esto va a depender de si se trata de un estado de reflexión sobre algo distante o abstracto, o si estamos en una actividad concreta. La intensa actividad interna, la necesitamos para hacer análisis, pero también para tareas físicas complejas. Es por ello que el maestro usa la palabra con frecuencia, en este caso no es absoluto, ni contundente:

"Con frecuencia la inmovilidad física es el resultado directo de un estado de intensidad interna".

Al decir con frecuencia está dejando un margen a la posibilidad de que no siempre sea así.

Él exigía a sus actores no buscar el sentimiento, porque el sentimiento viene, cuando el actor centra su atención en el objetivo, porque entonces está consciente de que buscar el sentimiento, conduce a la falsedad. Siempre será mucho más intenso y dramático cuando el actor trata de evitarlos. Observe con detenimiento a un actor que trata de evitar y esconder el llanto, y otro que trata de provocarlo, se dará cuenta que resulta mucho más emotivo y trágico, el que trata de evitarlo y esconderlo. Será mucho más convincente.

Los actores acostumbrados a buscar los sentimientos sin motivos claros, nunca serán convincentes. Siempre los sentimientos son el resultado de acontecimientos, y el actor debe regularlos, adecuarlos, darle la intensidad correcta, ni más ni menos. El maestro exige dejarlos llegar por el canal correcto, jamás provocarlos.

El creador del método nos dice que siempre un verdadero artista, en el mundo de la escena, estará ávido de vivir con intensidad otras vidas diferentes a la suya, que lo ayuden, de alguna manera, a escapar de la inmediatez cotidiana.

Nos invita además a poner cuidado en las circunstancias internas, por las cuales se ejecuta un acto. Porque siempre un acto está motivado por circunstancias internas, que en este arte se deben conocer y tener muy en cuenta. Aquí están las bases de la lógica y la coherencia, por la cual actuamos.

Stanislavski nos habla de su famoso ¨si¨ mágico. Él lo utiliza, para ayudar al yo del actor a entrar en la situación del personaje. Ayuda a crear una actitud ante el hecho o circunstancia desde la posición del actor, actúa como un motor que mueve las fuerzas internas y estimula al actor a tomar partido, sin obligarlo. El ¨sí¨ es persuasivo, estimulante.

"En momentos de duda, cuando sus pensamientos, sus sentimientos y su imaginación trabajan en silencio, recuerden el sí".

El sugiere que el ¨sí¨ actúe como un mensajero de la consciencia, para estimular a la subconsciencia y ponerla en movimiento, llegando así a la creación genuina, la que se produce en este dominio. El director del teatro de ¨La Gaviota¨, desea que el ¨sí¨ actúe como un camino directo a las circunstancias dadas, que formen una unidad indisoluble, que sea un punto de partida para el desarrollo de éstas, que no exista el uno sin el otro, y que este binomio vaya directo al estímulo subconsciente.

Más adelante nos plantea la necesidad de que, para comprender el pensamiento, se debe descomponer y se estudie en sus partes, cuando, en un principio, no podamos tomarlo como un todo, y sacar así su contenido correcto.

Stanislavski quiere un actor que cuando se le entregue el texto del dramaturgo, sea capaz de leer entre líneas, que sea capaz de escudriñar el texto con exactitud detectivesca, y que a su vez comience a recopilar todo el material de estudio que pueda sobre el personaje, o que guarde alguna relación con él. Como, por ejemplo, el momento histórico del personaje, su origen social, sus posibles gustos y preferencias, dónde nació, dónde se crió, dónde vivía o vive. Todo esto ayudara en gran medida a comprender su situación, sus acciones y su forma de tomar partido ante cada acontecimiento.

* * *

El termino de ¨acción¨ aparece en el teatro bien temprano, aunque no en el mismo sentido que lo usa Stanislawski. El concepto de la ¨acción¨ nace con la ¨Poética¨ de Aristóteles, cuando nos dice que la tragedia es la imitación de una acción. Cuando el dice ¨tragedia¨, se está refiriendo a un género teatral muy bien definido, y nos deja el sabor de que se está refiriendo a la construcción dramática, es decir, le esta otorgando un valor dramatúrgico. Mientras el maestro de Moscú lo trae específicamente al trabajo del actor, ya que se está refiriendo al estímulo que recibe un tinte emocional en las amígdalas, pasa por el hipotálamo y del cerebelo a la medula espinal, para producir el movimiento. Aquí es evidente una diferencia sustancial. Digo esto, porque, aunque pudieran guardar alguna relación, no están utilizados en el mismo sentido, y quiero salvar algunas confusiones que aún subsisten.

Para el director del teatro de Arte de Moscú, la acción es el centro de equilibrio para el trabajo del actor. La acción como resultado del estado emocional será, según el maestro, el pilar fundamental para el trabajo del actor, y para convertir esto en práctica, él toma prestado un elemento fundamental de la música, y lo convierte en una categoría para el actor. Me estoy refiriendo al termino ¨partitura¨.

La partitura es el documento que usa el director de una orquesta ya que en ella es donde está plasmado el desempeño de cada instrumento en la obra a ejecutar. Es importante observar que Stanislawski no usa partichella que sería el documento particular de cada músico. Esto se debe a que él hace mucho énfasis en la necesidad de que el actor tenga una idea del conjunto, de cada momento, de cada objetivo. No quiere individualidades, quiere colectividad, que todo el mundo trabaje su partitura de acción, desde los objetivos individuales y colectivos.

El maestro era muy cuidadoso al crear sus categorías, En este caso quiere que el actor esté muy claro de su objetivo o propósito en cada escena, en cada momento, en cada palabra, de él y de cada personaje que se relacione con el suyo, como en la vida cotidiana.

Tenemos opiniones de cada amigo, de cada persona que se relaciona con nosotros. Sabemos, o tenemos ideas, de cómo tratar a cada cual, cómo comportarnos en cada momento y tener claro lo que queremos lograr con lo que decimos o hacemos. Esto permite crear la vida en la escena y poner distancia con los soliloquios y los aparte del teatro anterior.

Los soliloquios y apartes son momentos que usa el dramaturgo clásico, y por medio de ellos el personaje se dirige al público, dándole información sobre sus objetivos y su razón de ser, para que a éste le sea más fácil seguir su trayectoria y las razones de su desempeño en la escena. Esto era una vieja solución a la falta de pausa en el texto, donde el verso marca un ritmo inquebrantable, continuo.

A finales del siglo XIX, se manifiesta una vanguardia artística, de capital importancia; el SIMBOLISMO.

Este movimiento, que como ya está dicho anteriormente, nace en Francia y Bélgica, y sus bases teóricas quedan plasmadas en un manifiesto que lanza Jean Moreas en 1886, definiéndolo, como un enemigo de la enseñanza, la declamación, la falsa sensibilidad y la descripción objetiva,

Con este movimiento nace entre otras muchas cosas importantes, como la sinestesia, donde se mezclan las sensaciones visuales con las auditivas, los sabores, con las texturas y las sensaciones olfativas.

Con el simbolismo aparece un elemento crucial para el desarrollo del teatro y que a mi modo de ver es más importante que la palabra, se trata de la PAUSA, que como repito anteriormente no se daba en el teatro clásico, donde el verso marcaba un ritmo que no se puede romper. Es por ello que los dramaturgos apelan al soliloquio y el aparte, porque la verdad, que el espectador moderno quiere seguir a veces no está en la palabra: la verdad esta en el silencio o pausa, porque es el momento en que el espectador puede ver la interioridad del personaje.

Es en este período en que el dramaturgo y compañero de Stanislavski en el Teatro de Arte de Moscú, Vladimir Nemirovich Danchenko, le trae al maestro la obra de un joven médico, escritor y dramaturgo, encuadrado en una corriente más sicológica, del realismo y el naturalismo, que había escrito hasta entonces obras cortas, generalmente humorísticas: Anton Paulovich Chéjov.

Chéjon vivió entre 1860 y 1904. Es autor, entre otras, de una obra que marcaría un jalón muy importante en su dramaturgia, en el teatro de Stanislavski y en el teatro universal: "La Gaviota".

Esta fue la primera de cuatro obras fundamentales para el teatro moderno, y las podemos enumerar como sigue: "La Gaviota" (1896), "El tio Vania" (1897), "Las tres hermanas" (1901) y "El jardín de los cerezos" (1904). En "La gaviota" ya se hace evidente que Chejov comienza a separarse del soliloquio y el aparte. Nos percatamos que comienza la era del teatro moderno.

Cuando Stanislavski nos dice que en el escenario el actor debe estar ocupado, se está refiriendo a un proceso de la naturaleza humana que finaliza con el sentido de la acción, correcta y equilibrada.

Toda fase de aprendizaje pasa por un período más o menos errático en el camino a la perfección, donde va a ser necesario poner toda nuestra atención, hasta que la necesidad o la repetición voluntaria, van automatizando lo aprendido, alojado ya en la subconsciencia.

Desde nuestros primeros momentos como especie humana, el instinto de conservación nos creó la necesidad de subsistir. Así aprendimos a caminar largas distancias en busca de alimentos, escapar del clima, apresar animales en las cacerías y así también desarrollamos movimientos con nuestras manos para la recolección de frutos, hacer herramientas etc....

En la vida moderna, ya con un grado bien avanzado en la perfección de nuestros movimientos, aprendimos a hacer arte, y en el caso del teatro y el movimiento que es lo que nos ocupa, todo se hace con voluntad consciente y los movimientos se automatizan con la repetición, hasta que la subconsciencia se encarga de ellos. Todo el proceso de automatización del movimiento es el mismo, sólo cuando nos obliga la necesidad interviene menos la conciencia que cuando hacemos teatro. Aunque la vida social en la modernidad en ocasiones se mezclan la necesidad y la voluntad.

Cuando observamos una madre en su cocina, elaborando alimentos, al mismo tiempo que pone ropas en la lavadora, atiende a su bebe y habla por teléfono con una amiga, vemos sus movimientos precisos, rápidos y seguros, automáticos, poniendo en cada uno la energía necesaria, porque son movimientos que han sido repetidos hasta la saciedad y de ellos se encarga la subconsciencia, ella no tiene su atención en cómo camina, cómo toma la olla, cómo se mueve a la lavadora. Su atención está centrada en mover los alimentos de la olla que tiene al fuego, en poner los líquidos correctos en la lavadora, preparar el biberón de su bebe que tenga la temperatura correcta y atender la conversación con su amiga, mientras se mueve en todas las direcciones, se agacha, se para, mueve sus manos, todo con precisión y energía adecuada. Esta escena nos va a convencer, porque todo es genuino.

La primera vez que usted se sienta frente al timón de un auto, para aprender a conducir, su tensión se pone a límite. Trata de mantener el carro en la dirección correcta y le resulta casi imposible. Pisa el pedal que no es, su inseguridad llega a puntos insospechados, le parece que no va a lograrlo.

La voz de su acompañante contribuye al caos, junto con el claxon y la velocidad de los vehículos que pasan cerca, etc... A medida que usted repite el ejercicio, el cerebelo va asimilando el patrón y aparecerá, poco a poco, la seguridad en sus actos. Llegado el momento, mediante la práctica, no necesitará el ciento por ciento de su atención consciente como al comienzo, manejará relajado, ya la voz de su acompañante no contribuirá al caos, conversara animadamente mientras conduce, podrá observar el paisaje, los colores de la foresta, el venado que atravesó la carretera, mientras escucha la radio. Incluso, cometerá actos peligrosos, como hablar por teléfono y enviar mensajes. El exceso de confianza llega a límites insospechados: las mujeres se ponen sombras en los ojos, se pintan los labios, se sacan las cejas, en medio del tráfico. El exceso de confianza no es recomendable.

No sólo las artes escénicas utilizan el mecanismo de automatizar las acciones conscientemente. Otras disciplinas también lo hacen, como el deporte en general. Incluso, algunas van más lejos, como fundamentalmente los deportes de combate, que llegan a convertir las acciones en reflejos condicionados, donde los movimientos de defensa y ataque se automatizan al extremo.

En algunos filmes que recrean la vida de los samuráis, los movimientos en los combates llegan a ser tan limpios y estilizados que terminan siendo danzas bellísimas.

Otras disciplinas que utilizan la automatización de las acciones, son las militares y pongo como ejemplo los juegos de guerra o maniobras, donde los soldados y los mandos recrean las posibles situaciones reales que se les pudieran presentar y repiten constantemente que hacer en cada momento, convirtiendo las acciones en reflejos condicionados.

Claro, aquí estamos hablando de algo más serio porque en situaciones reales está en juego la vida y los nervios se ponen a punta. No se trata de perder el miedo, eso es imposible, porque no se puede anular el instinto de conservación. Se trata de que bajo presión extrema usted haga lo correcto para conservar la vida y cumplir la misión y eso se logra recreando constantemente situaciones de presión extrema.

Cuando las acciones ya están asimiladas por la subconsciencia, serán gobernadas por ella y nuestra conciencia se ocupará del propósito. Si usted vive cerca de su trabajo, que pueda ir caminando, sus acciones no tendrán el mismo ritmo; si se quedó dormido, o si tiene suficiente tiempo, su andar sufrirá evidente alteración en una situación u otra; si se levantó tarde, es posible que no se haya dado cuenta de muchas cosas en su paso por la calle. Usted no se va a fijar en cómo pone los pies o como mueve sus manos al caminar. Su atención estará centrada en la necesidad de llegar lo antes posible y en las posibles consecuencias de llegar tarde, y la subconsciencia se encargará de que sus acciones se desarrollen acorde con su propósito, poniendo la cantidad de energía necesaria para mantener el cuerpo en movimiento. Si usted vive lejos de su trabajo, va a suceder lo mismo, sólo que con un poco más de complicaciones, porque tendrá muchos obstáculos que no dependen de usted. Si va en su propio auto, tendrá que lidiar con el tránsito; si vas en bus, se convertirá en una obsesión el tiempo y es posible que no desayune. Como primer paso, es posible que trate de alterar conscientemente sus acciones y consecuentemente cometerá algunas torpezas: derramara su café, se le cae un vaso y se rompe, tropieza en lugares o con obstáculos en que normalmente no sucede. Y esto está dado porque la conciencia trata de manipular el trabajo de la subconsciencia y lo que logra es crear conflicto entre ambas.

Esto es en esencia lo que le sucede a los actores y lo que Stanislavski nos describe en su primer capítulo, cuando nos dice que el actor siempre debe tener un objetivo. Pues cuando carecen del propósito consciente definido, claro, y tratan de manipular sus acciones conscientemente, las consecuencias son una receta directa al caos. El actor no puede subir a escena sin un propósito. sin objetivo definido y claro.

Supongamos que a usted lo han contratado para un trabajo de gran importancia a realizar en pappier mache. Ha logrado al final su trabajo, y éste ha quedado tan bien que usted se ha enamorado de su obra y por problemas de espacio ha tenido que ponerlo a secar próximo a una llave de agua, donde está puesto a llenar un recipiente. Es en el mismo momento que suena el teléfono para darle la noticia de que su sobrino más pequeño ha habido que llevarlo a la sala de emergencia porque sufrió un accidente doméstico. En el momento que usted está en el teléfono, un amigo que se asoma por una ventana, le grita que se desborda el recipiente...

Lo lógico sería que su conciencia refleje de inmediato la intención de proteger su obra. La subconsciencia activará automáticamente las acciones a desarrollar, y generará la energía necesaria para cumplir con el pedido de la conciencia.

Tratemos de imaginar otra situación. Tienes un compañero de trabajo que ha cometido algunas indisciplinas laborales y consideras que se trata de un problema de inmadurez. Y para quedar bien con tu conciencia, lo va a defender en la próxima reunión. Pero no quieres hacer el ridículo.

Vas a interrogar inteligentemente a la persona que consideras más extremista, y que por tanto pudiera atacar más fuerte tus argumentos, pues deseas saber cómo piensa el extremista del caso, y así podrás prepararte mejor para lograr tu propósito u objetivo. La persona que vas a abordar no es tu amigo, no se llevan ni bien ni mal: sencillamente te resultan molestos sus extremismos y por tal motivo guardas distancia... pero aún así, en un encuentro fortuito, lo abordas.

Actor 1): Rafael, ¿qué te parece lo de Pedrito?

Actor 2) Ya se le soportó bastante... la copa está ya al borde.

Actor 1) Las flores se abonan y se riegan para que crezcan vigorosas y afirmen sus colores.

Actor 2) A las flores sí, no a las malas hierbas. las malas hierbas se arrancan de raíz.

Actor 1) ¿Existen las malas hierbas?

Actor 2) Si lo que queremos son las flores....

Actor 1) ...y entonces, ¿qué hacemos con la naturaleza?

Aquí los actores están centrados en sus propósitos individuales. De esta escena se desprenderán muchas acciones y gestos para apoyar las intenciones y crear la atmósfera de la escena.

Observen que están hablando de la naturaleza, pero el objetivo en sí no es la naturaleza. Abordan el tema utilizando una metáfora, y esto demuestra que las palabras tienen el significado de la intención. No importan las palabras que usted utilice, lo que importa es la intención que usted desee darle. De aquí se desprende que el actor tiene que hacer muchos ejercicios con la hermenéutica, como ciencia de la interpretación de los textos. El actor tiene que descomponer el texto de todas las maneras posibles, para descubrir todas sus potencialidades y matices de intención.

Es de vital importancia para el actor estar claro en que el propósito nunca está en la acción. La acción siempre va en busca del propósito.

En la vida nunca se hace una acción sin un propósito, y esto es igual en el trabajo escénico, sólo que en la escena tenemos que demostrarle al público que nuestras acciones van en busca de un propósito.

Si podemos imaginar que a usted se le ocurre poner todas sus energías en un proyecto x, lo primero que posiblemente haga será plasmarlo en papel y seguidamente, se propondrá un plan de acción para impulsar su proyecto.

Si el proyecto es de amplio alcance, tendrá que implicar a muchas más personas. Necesitará apoyo de políticos y administrativo; tendrá que preparar un discurso capaz de convencer a todas las personas que necesita. A usted lo va a motivar su creencia en el proyecto, y como está convencido del éxito, usted va a emocionar a todo el que lo siga. Y tratará de que todas sus acciones, sean coherente con su discurso, y todo en usted sea auténtico, creíble, y de este modo podrá contagiar de entusiasmo a su entorno.

Este modo de hacer las cosas es el que el actor debe llevar a escena, y el público será participe de sus emociones. El público se entusiasmará con su discurso porque usted está creyendo en lo que hace y su propósito será la palanca que lo lleve a las emociones genuinas. En una palabra: en la medida en que usted sea capaz de creer, en esa medida estará su éxito o su fracaso.

El actor está obligado a encontrar en la obra el propósito principal de su rol. Éste será su fin último como personaje, pero en cada escena se encontrará un propósito, y cada texto estará escrito en función de ese propósito.

En el texto, el actor encontrará las armas que lo ayuden a salvar los obstáculos que le impiden llegar a su propósito en cada escena, y defenderá en cuerpo y alma su trayectoria, en cada palabra, en cada texto, en cada escena, poniendo el grado de emoción necesario en cada caso.

El actor no puede nunca confundir acción y movimiento. Debe tener claro que se puede estar en acción, sin estar en movimiento. El movimiento es el espectáculo externo, pero el público va en busca de su discurso interior, porque sabe que todo lo que usted haga dependerá de su estado emocional, y eso es lo que perseguirá en cada gesto en cada acción, en cada movimiento. El público sabe que el arte del actor, su magia, está en sus emociones, y que éstas se expresan a través de la acción y el movimiento.

Cuando el actor tiene claro el propósito y pone el grado de intensidad correcto para lograrlo, no habrá movimiento ni acciones parásitas o superfluas: todo será equilibrado, justificado, comprensible. De lo contrario, estará siempre perdido, sonará hueco, falso, y no será posible organizar sus emociones, y nunca se comunicará con el público.

En el teatro, las acciones tienen que estar encadenadas. Una acción tiene que ser el resultado de la acción anterior, tiene que ser su justificación. Nada se hace porque sí, a capricho del momento, sino que debe ser algo coherente, lógico, equilibrado, creíble, que venga de una lógica y continúe en ella.

El trabajo del actor tiene que funcionar como una especie de exorcismo. Tiene que tomarlo como una necesidad de liberar todas sus emociones contenidas. Si quiere hacer arte, tiene que usar el texto para vaciar sus emociones, o no conseguirá el arte de actuar. Esto es lo que logran los grandes actores en su camino hacia el propósito.

El actor tiene que buscar siempre una justificación emocional para cada uno de sus actos. Nunca puede haber una acción o movimiento sin una justificación emocional. No lograr esto en el teatro es catastrófico.

Pero no se confundan, pues no se trata de enumerar emociones a sentir cada vez que toque una acción o movimiento: esto es todo un proceso, que nace con las circunstancias dadas y las experiencias naturales, acumuladas durante nuestras vidas. Las emociones aflorarán en la medida que vayamos entrando en el personaje y recopilando datos sobre su vida, para convertirlo en un ser de carne y hueso.

En el camino a la perfección de su trabajo, el actor se encontrará con muchas experiencias, un gran número de ellas puede que sean decepcionantes, y en más de una ocasión, puede que piense que usted no sirve para actúa en las tablas... pero cuando esto le suceda, es posible que le sea útil pensar en algo como esto: el ser humano está dotado para que el aprendizaje, sea a través de la repetición, y que para asimilar determinadas materias o habilidades, a algunos individuos les será relativamente más fácil que a otros, lo que no significa, necesariamente, más inteligencia; todos los seres humanos nacemos con las mismas capacidades. La naturaleza diferencia más en lo físico que en las posibilidades cognitivas. Que alguien llegue mas rápido, no significa que los otros no van a llegar, y no siempre llegar más rápido significa más solidez. Y como si fuera poco, les diré que la ciencia comienza a cuestionar con mucha fuerza la genialidad.

En recientes estudios de los procesos por los que han pasado los considerados genios para llegar a los descubrimientos que les han dado su estatus, se comprueba que han pasado por una cantidad considerable de errores y fracasos en su camino a la luz. Lo que sí es común en todos ellos, es la obsesión por sus temas de estudio, su tenacidad, y la capacidad de convertir los errores y fracasos en la fuente más importante del conocimiento y la perfección. Y pareciera que ese es el mecanismo con que nos dotó la naturaleza para el desarrollo humano, puesto que la posibilidad del ensayo, del error y el fracaso, es común en toda nuestra especie.

IMAGINACIÓN

Nunca podemos perder de vista que Stanislavski está preparando a sus actores para su forma y método de hacer teatro. Y los está entrenando en los dominios que nos da la naturaleza, y que al prepararle así, respondan a su esencia, a lo que él considera que debe ser una puesta en escena.

Plantea el papel que juega la imaginación en el arte, y para comenzar su ilustración, toma como ejemplo al autor o dramaturgo y su obra, como resultado directo de la imaginación, y que aunque usa la palabra, debiera aquí, para dejar clara la idea, acotar que el trabajo del dramaturgo no siempre es un resultado de la imaginación, aunque sea innegable que la imaginación siempre juegue un papel determinante. El maestro considera que el trabajo del dramaturgo es crear las circunstancias dadas y organizarlas, considerando cada momento del ¨sí¨, y que el trabajo del actor es llevar la obra a las tablas, apoyado en su técnica, y convirtiéndola en un hecho teatral, dando por sentado que en este hecho el papel más importante lo juega la imaginación, puesto que el arte es un producto de ésta.

El maestro trata de aclarar hasta dónde puede llegar la imaginación. En este caso nos quiere decir que con la imaginación podemos crear lo posible, lo imposible, incluso llegar a la fantasía, y finalmente deja un margen, porque él sabe que muchas cosas -que en su momento fueran consideradas fantasías- con el paso del tiempo la ciencia ha podido demostrar que fueron fantasía sólo para el momento en que fueron escritas, y que después fueron realidades.

Stanislavski le dice a sus actores que en el texto encontrarán la psicología de los personajes; las reacciones y los matices de pensamientos y sentimientos, pero que esto, tomado por el actor, debe ser enriquecido y profundizado tomando como elemento fundamental su imaginación, que es al final la que conduce el proceso y que será primero como acción interna y luego externa. Esto quiere decir que en resumen, el actor estimulará emociones y sentimientos para convertirlos en acciones y reacciones. O lo que es lo mismo, su imaginación deberá recorrer el texto para alimentarlo, y esto activará su subconsciencia, haciendo aflorar su mundo interior, llevándolo a la acción y reacción al enfrentar los acontecimientos en escena, que es lo mismo que las circunstancias dadas.

Les dice además que en ningún momento pueden distraerse de lo que sucede en escena y su mundo interior: que deben estar atentos a la cadena de sentimientos y emociones, acciones y reacciones que ha creado para su personaje, así como al marco externo en que debe desarrollarse la acción. El más pequeño desliz, puede conducir a la catástrofe en termino de actuación, y malograr la obra teatral en su conjunto.

Aconseja además utilizar las imágenes visuales guardadas en su memoria, pues, según él, son mucho más efectivas y pueden ser reproducidas a voluntad, ya que nuestro mundo emocional y sentimental es para nosotros inasequible, y pueden servir las imágenes como estímulo, para poner en movimiento nuestro mundo interior. Cuando usted ha sido capaz de conocerse, de saber cómo funciona su naturaleza, le será fácil hacer jugar sus imágenes, con las circunstancias imaginarias.

Es lo que llamó la "memoria emotiva".

Pero casi de inmediato el maestro pone un freno, como quien dice: ¡cuidado!, ya que la imaginación del actor debe trabajar mucho, incansablemente, pero todo lo que pueda imaginar tiene que responder a las circunstancias de su rol. Tiene, siempre, que imaginar para alimentar la acción concreta que desarrolla. No puede haber divagaciones. Su imaginación tiene que formar una unidad de acción con sus circunstancias. Para el teatro no tiene ningún sentido imaginar fuera de contexto. Todo lo que se imagine tiene que estar ligado a la situación concreta en la escena.

Pero además, el maestro pide a su actor que toda su naturaleza esté lista para entrar en acción, y cuando dice naturaleza, dice naturaleza física y psicológica, en cuerpo y alma. La imaginación deberá afectar a todo nuestro ser, deberá poner a tono todas nuestras emociones e impulsarnos hacia la acción. Esto es de vital importancia para el trabajo actoral. Esto los actores deben comprenderlo, interiorizarlo con toda claridad.

Y para aclarar aún más, el maestro les dice que la imaginación es un instrumento que nos permite jugar con las imágenes grabadas en nuestro ser, y cada vez que hacen algo, les dirá como moverse, hablar etc...y eso debe al resultado normal de la vida de su imaginación en la escena. Si no son capaces de usar este recurso, y ponerlo en función de sus motivaciones emocionales, nunca serán capaces de actuar, sonarán siempre falsos, fuera de lugar. En cambio, si logran lo contrario, y ponen su imaginación en función de estimular sus mecanismos internos, lograrán, irremediablemente el arte de actuar, que es finalmente lo que perseguimos en nuestro caso. Nunca se verán como autómatas.

* * *

La imaginación nos permitió caminar erectos, nos permitió perfeccionar nuestras manos, nos permitió escapar de la vida nómada, nos permitió descubrir la agricultura donde hacíamos solo recolección, caza y pesca.

Nos permitió crear herramientas, primero de piedra y madera, que nos ayudarían a realizar tareas que no podíamos hacer con las manos, y más adelante descubrimos el hierro, lo que nos permitió encontrar el lenguaje, nos permitió el excedente, haciendo más compleja la organización social.

A partir del nacimiento de la familia, la imaginación nos permitió hacer florecer las ciudades; por la imaginación descubrimos la física, la química, las matemáticas, la lógica, descubrimos el desarrollo tecnológico.

La imaginación nos permite aprender del pasado y proyectarnos hacia el futuro. La imaginación vive del conocimiento y de él se nutre. El presupuesto de la imaginación es la memoria, y la imaginación nos permite la investigación y buscar la perfección. La imaginación nos hace conscientes de que tenemos conciencia, la imaginación nos ayuda a buscar la felicidad y la solvencia. El conocimiento, la imaginación, el conocimiento y el juicio, son manifestaciones de la inteligencia. La imaginación se proyecta de lo concreto a la abstracción, para facilitarnos crear los conceptos, las categorías.

La imaginación es casuística, única e irrepetible, porque dependerá de la capacidad sugestiva y del conocimiento individual, del prisma a través del cual se grabaron las imágenes en la subconsciencia.

El acto de imaginar es involuntario: no se detiene, aunque en ocasiones no seamos conscientes de ello, de que estamos imaginando.

A menudo culpamos a la memoria de actos que no recordamos y en realidad tiene que ver con la imaginación. Con mucha frecuencia, nuestra imaginación nos tiene centrados en algo que nos mantiene alejados de lo que debiéramos escuchar o hacer. Por ello se nos hace difícil recordar lo hecho o dicho, y es a lo que se le llama atención dispersa o inatención.

Lo que sí podemos hacer es, usando la voluntad consciente, dirigir, manipular, manejar la imaginación y ponerla en función de lo que deseamos hacer. He aquí la propuesta de Stanislavski.

Se preocupaba por cómo cada actor colocaba en su imaginación la relación con los personajes con los que, de alguna manera, tenía que lidiar. Cada personaje debía tener una opinión, para él, clara, de cómo lidiar con los otros, con su carácter, con su personalidad, con su propósito.

Stanislavski nos plantea la necesidad de desarrollar la imaginación y pone ejemplos que por las características individuales de la misma, puede que no les sirvan a todos, pero recuerden que son sólo ejemplos para ilustrar, ya que cada actor debe encontrar el centro de sus motivaciones y tomar los elementos que mejor ayudan a sus ejercicios. La imaginación trabaja con el conocimiento alojado en la subconsciencia, con imágenes percibidas, donde intervienen imágenes que han sido grabadas a través de todos los sentidos con la intervención de las emociones.

Cuando imaginamos un juego de base ball, nos imaginamos el lugar donde ocurrió, los jugadores, sus actitudes, el color del vestuario, el color del césped, el público, el rugir de la multitud, las olas de los fans, los vendedores, y nos emocionamos con las jugadas...

El actor encontrará el camino para desarrollar su imaginación, pero hay elementos que son válidos para todos, propuestos por Stanislavski, y lo primero sería el uso de la voluntad consciente, para imaginar un hecho especifico, hecho que puede ser real o creado por usted, y luego hacer uso del "sí" mágico del director del Teatro de Arte de Moscú:

-"Si yo estuviera en tal o más cual situación que haría."

Éste elemento aportado por él constituye una palanca para poner el yo en posesión, para poner un estímulo que ayude al actor a entrar en situación, partiendo de lo más interior de sus fibras, y por último y no menos importante, la historia tiene que tener un propósito fraguado con anterioridad, ya que toda acción en el teatro debe que tener un comienzo, un desarrollo y un fin, y ese fin debe completar el propósito. Aquí no podemos confundirnos, y creo necesario aclarar esto, porque un estudiante me pregunto en clase: "profe, el fin no es el desarrollo de la imaginación?"... Como ven, me parece muy válida la pregunta, sólo que el desarrollo de la imaginación es un fin académico y el fin de su historia es el fin del propósito que usted asumió y que sólo tiene que ver con su historia, no con el desarrollo académico, y lo que tampoco quiere decir que usted no puede asumir un propósito que tenga como resultado final el desarrollo académico.

Supongamos que en su ejercicio para desarrollar su imaginación, usted se tumbó cómodamente en un sofá reclinable, se le ocurrió ser un estudiante en fase final de sus estudios para matricular una carrera universitaria, y se imaginara a sí mismo discutiendo con sus amigos el último juego de su deporte preferido. Se imaginará las aulas, los profesores, sus compañeros de clase, y no desperdiciará cada instante para mirar e intercambiar con las chicas que lo motivan, y estará elaborando su estrategia para invitar a alguna de ellas a salir de paseo... Usted y sus amigos se las estarán repartiendo para evitar competencias, pero sobre todo, no se cansarán de discutir sobre sus aspiraciones: su necesidad de hacerse piloto comercial lo tiene fascinado, y sueña todos los días con vuelos a destinos distintos. Usted se ve conociendo el mundo como nadie, y lleva mucho tiempo soñando con esta posibilidad. Está convencido que será piloto comercial de una gran aerolínea y ya le falta poco para comenzar su carrera añorada y lograr su sueño.

Hoy, el equipo de basquetball en el que juegan usted y sus amigos parte para las competencias finales, que se desarrollarán en New Orleans. Sus amigas partirán con ustedes ya que forman parte de la comisión de embullo y bailaran, representando al equipo. El vuelo hasta Lousiana es una locura, las azafatas se divierten con la incontrolable euforia que lo envuelve todo, hasta que por fin el avión aterriza

El día antes del comienzo de las competencias, el huracán Katrina rompe los diques que protegen la ciudad. De inmediato usted y sus amigos se presentan como voluntarios a formar parte de los grupos de salvamento, y participan con el ejército en estas tareas.

Usted ve la muerte de cerca, los cuerpos en descomposición lo golpean con mucha fuerza; las muertes por falta de asistencia. y usted podía sólo rezar para que llegara la ayuda. Usted vivió y lloró de impotencia, al sentirse con las manos atadas. Se sintió como alguien torpe y débil que nada podía hacer.

Cuando al fin regresó a su casa dejando atrás a New Orleans, usted cambió. Usted no era ya el mismo que fue. Es ahora callado, menos bullanguero. Parecía distante, y muchos de sus amigos tampoco se veían igual. Algo había cambiado dentro de ellos. Los que no fueron a New Orleans no entendían, pero se daban cuentas de que había algo distinto.

Terminaron sus estudios a ese nivel y llego la hora de la universidad. En la entrevista con su asesor, cuando este le pregunta: "¿Qué piensa matricular?"

Usted dijo en tono convencido: "Medicina, quiero estudiar medicina".

Como pueden ver, este es un ejemplo de lo que se puede hacer para desarrollar la imaginación y hacerla conscientemente productiva.

A mí se me ocurrió interrumpir los sueños platónicos de un adolescente con la brusquedad de un acontecimiento natural, para traerlo a la vida real. Todos tenemos etapas de sueños platónicos, y todos llegamos a la vida real, unos de forma brusca y otros con pequeños jalones que se van sucediendo en nuestras vidas, aunque algunos se quedan para siempre en los sueños platónicos y otros regresan a veces a ellos, para tratar de escapar de la vida real, pero a la gran mayoría la vida los arranca de los sueños y los hace tan prácticos que asustan.

El actor tiene que encontrar su forma de desarrollar la imaginación. Lo importante es que tenga un propósito consciente y que ponga todos los obstáculos que pueda para lograrlo. Tiene que lograr que sus emociones entren en juego cuando esté desarrollando su ejercicio, y como nadie mejor que él conoce lo que mueve sus emociones, éstas llegaran ligadas a la intensidad con que él se proponga vivir su historia.

La gran mayoría de las personas, inconscientemente, comienzan en la calle a pensar en situaciones y al tomar consciencia de que estaban gesticulando y hablando solos, se asustan porque piensan que si alguien los estaba observando, iban a creer que estaba loco. Contrario a esta lógica, esto es muy bueno cuando lo logramos conscientemente y esto es precisamente lo que debe lograr el ejercicio de imaginación del actor.

Aprender a usar la imaginación con propósitos conscientes, es parte de vital importancia para el actor. La imaginación lo encaminará a través de la obra a desarrollar y será el arma fundamental para asir y alimentar su personaje, del mismo modo que lo hizo el dramaturgo y lo hará el director. La imaginación es la madre del arte. La imaginación va de lo concreto a la fantasía, y el actor debe estar bien claro de cuál es la línea divisoria entre la ficción y la fantasía. La ficción está dentro de lo posible, la fantasía linda con lo imposible, lo improbable.

El dramaturgo le dará una serie de elementos sobre psicología y características físicas, época, sexo, etc... del personaje, y el actor, con su imaginación, lo completará, lo convertirá en un ser humano emocionalmente viable, creíble, y esto sólo será posible usando la imaginación y las emociones.

Siempre que se haga un ejercicio de imaginación, hay que imaginar con un propósito consciente aferrado al hecho imaginado, nunca imaginar sin plantearse un principio, desarrollo y final del ejercicio. Y si la imaginación lo conduce a acciones externas mucho mejor. Pero siempre que tenga un propósito con su ejercicio, este debe llevarlo, por medio de las peripecias imaginadas, a ese propósito.

El actor, su trabajo, son sus emociones, sus vivencias, y para dedicarse a la actuación, tiene que estudiarlas y conocerlas al dedillo. Éstas serán sus herramientas para enfrentar los personajes. Sus emociones y sus vivencias, son las que les permiten crear un ser viviente a partir de la ficción y su guía fundamental, será siempre la imaginación.

CONCENTRACIÓN DE LA ATENCIÓN

"Para que ustedes se desentiendan de los espectadores, deben estar interesados en algo en escena".

Mi experiencia personal con alumnos me he permitido darme cuenta que este planteamiento de Stanislavski no es bien entendido a veces. Y creo que no se entiende muy bien por el simple hecho de que existen personas que tienen tendencias a tomar los métodos de otros, los que les gustan, y lo asumen como si fueran recetas rígidas. Y Stanislavski no está haciendo recetas, sino una guía de acción: está abriendo un campo de posibilidades. Sugiere, aconseja. Pero sabe que quien tiene la voz cantante es el actor. Nadie puede conocer la naturaleza del actor como el actor mismo. Sólo él sabe qué cosas lo motivan y cuáles no, y por lo tanto, el punto de concentración del actor es patrimonio y dominio sólo del actor. Pero eso sí, estará obligado a tener buenos resultados, o de lo contrario, deberá revisar su punto, o sea el punto de atención, y lo encontrara y lo fijara donde le ofrezca los resultados que se esperan de él.

El maestro sugiere que no debe estar en la sala, porque considera que la sala es siempre peligrosa en este sentido, ya que él conoce los resultados de los actores noveles cuando se enfrentan al público. Y en este caso los está protegiendo de tal conducta. Les está diciendo, por lo menos en sus primeros pasos: aléjense de lo que les causa tantos problemas.

"La observación intensa de un objeto despierta naturalmente el deseo de hacer algo con él".

Este es otro punto, otra idea que ha suscitado una que otra polémica. Pero aquí también me he podido dar cuenta en la práctica que los polemistas han sido observadores pasivos, y es claro que un observador pasivo es muy posible que no sienta más deseo que el de observar, usando la voluntad, sin tratar de ir más allá. Pero el maestro en este planteamiento está pidiendo observación intensa, y para que ésta sea intensa, usted deberá poner todo su ser, debe hacer volar su imaginación y arrastrar toda su naturaleza, debe poner en juego todas sus emociones y sentimientos, y no olviden que en este caso estamos hablando de la actuación.

Continúa explicando Stanislavski por qué debemos aprender y trasmitir todo lo que conocemos desde niños, de forma natural, como caminar, hablar, sentarnos, pararnos, escuchar, mirar con toda normalidad en la escena, porque cuando se está frente al público sin una técnica depurada, adquirida mediante la repetición que termina automatizando nuestro quehacer en la escena, sentiremos una situación de embarazo y todos nuestros movimientos serán forzados, falsos, y pudiera resultar sorprendente que estas cosas que hacemos en la vida diaria de manera tan normal, terminen siendo difíciles de lograr frente a un público. Pero esto se debe a que la mirada del público tiene un peso que caerá sobre nuestros hombros como actores, y si no estamos acostumbrados de alguna manera a soportar ese peso, nuestra estructura psicomotora se quiebra.

El actor tiene que aprender no solo a soportar la mirada del público, sino a conducirla, a llevarla donde él quiere. El actor es la guía principal del público: éste lo seguirá en todos sus movimientos, en todo su desempeño en la escena, aunque estará centrado fundamentalmente en su rostro. Estará pendiente más que nada de sus expresiones. Los ojos del espectador se moverán con el desplazamiento del actor constantemente, en cada dirección que el lleve su mirada, y será como una orden para el público, que también fijará sus ojos en esos puntos.

El actor tiene que estar consciente de que él es el guía del público, el mensajero, y debe que estar bien preparado para conducirlo por el desarrollo de la puesta en escena, y hacerlo comprender cada acción, cada palabra, cada circunstancia, sin permitirle que se distraiga ni un segundo. Esto se tiene que lograr concentrando su atención en algún punto que escogerá, y que puede estar en su rol, en su interior, en otro personaje, en su ambiente. Este es un problema que no podrá hacer nadie más que el actor. Pero tendrá que buscarlo para lograr lo que Stanislavski llama ¨soledad pública¨, que no es más que una forma encerrarse en sí mismo y sus circunstancias, a manera del autista. Él le llama ¨soledad pública¨ porque es una manera del actor aislarse en su mundo, a pesar de estar frente al público, y deberá estar encerrado en su concha, como un caracol, como gustaba decir al maestro.

Deberá usted aprovechar los límites que le crean las luces, desde luego, y que los objetos visibles a su alrededor, sean los que llamarán su atención, y esto puede ser aprovechado para que su atención no vaya más allá del círculo, de este círculo que deberá funcionar como un abrigo que usted tomará muy en cuenta, para que contribuya a la concentración de la atención. Ésta será su concha, su caracol.

El actor va a tener momentos de dispersión de la atención. Es por ello que debe saber qué hacer cuando esto sucede, para que no le quepan dudas que sucederá, y desarrollar una técnica de "soledad pública" efectiva, tomando en cuenta su círculo de luz, y las circunstancias dadas, que funcionarán como elementos de apoyo para devolver su atención al lugar donde debe estar concentrada. En estos casos el maestro sugiere que en situaciones como las señaladas, el actor debe redirigir su atención a un punto u objeto único. Esto puede ser válido, y efectivo, pero al que no le funcione, debe tratar de encontrar los suyos.

También nos explica que la atención, como ha dicho hasta aquí, tiene la posibilidad de ser dirigida hacia afuera de nosotros, en este caso se refiere a lo externo, a todo lo que vemos, tocamos, escuchamos, en fin, a todo lo que no depende de recuerdos. Pero existe otro punto de atención, que resulta ser el más importante para el actor, que son todos los materiales que están en nuestra memoria, y como él explica, en escena el actor va a vivir de la realidad y de la imaginación. O sea, siempre estará viviendo dentro y fuera de sí mismo. En este caso nos está diciendo que no es necesario inventar nada, sólo aprovechar nuestra naturaleza y aprender, mediante ejercicios rigurosos y disciplinados, a llevarla a las tablas. Y que en nuestras interioridades está la fuente fundamental para la concentración de la atención. Pero en el caso del teatro necesita aprenderse, porque estamos tratando de vivir en un medio distinto a nuestra vida diaria y necesitamos desarrollar las experiencias, del mismo modo que aprendimos en nuestro medio natural. Siempre adaptándolo al nuevo medio o escenario que vamos a vivir. Por lo tanto, debemos aprovechar todas nuestras experiencias acumuladas, para concentrar nuestra atención dónde y cómo la necesitemos, y hay que explotar nuestras fuentes naturales para vivir en la escena, y aprender a usar conscientemente todo nuestro potencial.

Deben entrenarse disciplinadamente en el modo de usar los recuerdos para su trabajo. Mientras más detalles logren alcanzar, será mucho más rica su forma de imaginar, al tiempo que será mucho más efectiva para concentrar la atención. Pero, ojo, la palanca fundamental para concentrar la atención, es siempre el propósito. Cuando pierda de vista el propósito, le será más difícil concentrar la atención.

Enseguida nos aclara que la atención dirigida hacia lo externo puede servirnos de ayuda, pero no es la más efectiva. La más efectiva será siempre la interior, porque esa es la que pondrá sus emociones en movimiento, y tendrá que ver en gran medida con la imaginación y los recuerdos emocionales. Y éstos nunca se encontrarán fuera del actor. Lo que si esta fuera del actor son los elementos que la motivan, como la trayectoria de la puesta, las circunstancias dadas, los otros personajes etc… Esto necesita de mucho trabajo, para aprender a dominarlo, ya que aprender a buscar la inspiración no es una labor de un día. Unos aprenderán antes que otros, como todo en la vida, y esto no significa necesariamente que sean mejores o peores: ésto a menudo significa que han comprendido antes y más. Nunca dejen su trabajo a la inspiración. La inspiración hay que trabajarla, crearla, nos dice el maestro.

Y aquí regresa al tema de la observación, y conmina al actor a ser un observador constante, no sólo en la escena, sino en la vida diaria, y esto es un hábito que debe desarrollar al máximo. No como un transeúnte cualquiera, ya que tiene que convertirse en un profesional de la observación diaria, porque en la vida está el contenido fundamental de su arte. Ahí están los nutrientes que dan vida a su trabajo, y debe recordar que su trabajo es siempre la naturaleza, principalmente humana, y está dirigido a esa misma naturaleza. Por lo tanto, es allí donde debe encontrar su alimento.

En general, esta es la fuente fundamental de nutrientes de todos los artistas, y la herramienta fundamental para extraerlos es la observación constante. Tenemos que aprender a encontrar allí la belleza para nuestro trabajo, ya que la esencia de nuestra labor es la naturaleza de lo bello y debemos poseer lo bello de la naturaleza. Para, como dice Bertold Brecht, enseñárselo a nuestros espectadores por una suerte de extrañamiento, ya que el artista es el mensajero de aquello que no todos pueden ver. El artista desarrolla mecanismos que les permiten encontrar la belleza en todo el espectro natural, no sólo en el ámbito humano. Incluso es capaz de penetrar lo feo, para encontrar lo bello, y luego mostrárselo a su público, haciéndole vivir emociones que recordará toda su vida, convirtiéndolos en mejores seres humanos, o por lo menos, esta es la razón que expone el maestro, y que creo acertada.

Nos hace ver además que a menudo la belleza está envuelta en lo feo, como queda dicho, y esto sirve para resaltar la belleza. En realidad, funciona como su énfasis, y es allí, donde debemos llegar con la observación, y si queremos entregarle material valioso a nuestro público, debemos pulir más y más los mecanismos que nos permitan encontrarlo. Si somos capaces de lograr eso, podemos estar satisfechos por nuestro trabajo.

Para encontrar la belleza, debemos aprender a distinguir lo feo y sus atractivos, y estos elementos nunca aparecen puros, porque sería lo perfecto, y esto no existe. Siempre hay que encontrar el material, separarlo y pulirlo. Pero esto es imposible si no se está preparado para ello. Y no olvidar nunca que lo feo existe como categoría estética, lo feo y lo bello, van de la mano: lo uno es la reafirmación de lo otro, como un par dialéctico y nunca sabrás que es bello, o que es feo si no existe la posibilidad de comparar, al igual que lo áspero de lo suave, lo rugoso de lo liso, etc... y en muchos casos, tiene que ver en gran medida con la capacidad subjetiva de cada cual, su educación y su ideal de belleza, y esto entra ya en el campo de la subjetividad, porque ésta también juega un importante papel en el concepto estético individual.

Cuando estudiamos un personaje, debemos buscar su mundo interior, nos dice el maestro. Aunque a menudo no vamos a llegar a los datos precisos de este conocimiento, porque es muy difícil, por no decir imposible, conocer todas las interioridades de otra persona. Sólo la intuición nos ayudará al éxito en esta tarea, y es el único modo de alcanzarla, recalca el director del teatro de La Gaviota. Y cuando hablamos de intuición, estamos hablando de un tipo delicado y subconsciente de concentración de la atención, puesto que nuestra capacidad consciente, común, no es suficiente para penetrar el alma de otra persona, para esto, se necesitan otros conocimientos, que van más allá de nuestro arte. La intuición es una forma de conocimiento.

* * *

Al comenzar el capítulo anterior, he hablado de las tantas cosas que hemos logrado con la imaginación. Pero todo eso no es posible sin la capacidad de concentrar la atención.

Creo necesario aclarar que todos los elementos estudiados hasta aquí sólo se pueden separar como objeto de estudio, pero en la práctica es imposible hacerlo, por estar inter-relacionados como una unidad monolítica. Sin el trabajo de uno es imposible la labor del otro.

Cuando decimos que alguien sufre inatención o atención dispersa, nos estamos refiriendo a que la atención no está en lo que necesitamos que esté, pero en realidad, la inatención o atención dispersa sólo existe en relación con lo antes dicho. En la práctica, la atención siempre está centrada en algo, hacia el interior o hacia el exterior de nosotros, consciente o inconscientemente. El único momento que parece no estar, es cuando dormimos profundamente.

Lo que Stanislavski nos plantea es usar siempre la conciencia para poder llegar al propósito, y sin la conciencia esto es imposible Y no sólo para las artes escénicas, ya que esto aplica para cualquier propósito en la vida. Sin la conciencia, sin la capacidad de lograr la concentración consciente donde queremos, hubiese sido imposible lograr lo que hemos logrado como especie. Adecuando la naturaleza a nuestras necesidades. Así, usamos la tierra, el sol, el aire, el espacio, las relaciones sociales, etc....

Pero en lo que nos ocupa, en el teatro, debemos hacer ejercicios que nos permitan dominarla conscientemente en cada instante y en esto es muy raro el director del teatro de La Gaviota, cuando nos dice que la concentración de la atención necesita estímulos conscientes.

Cuando observamos algo que tiene un propósito importante para nosotros, ahí está el estímulo que va a centrar nuestra atención sin mucho esfuerzo, pero resulta que para nuestro trabajo no siempre encontramos un propósito importante con facilidad que nos permita concentrar nuestra atención. De ahí la necesidad de conocer nuestras capacidades emocionales, para encontrar allí los estímulos para centrar nuestra atención en lo que queremos. Y aquí regresamos a lo casuístico de cada ser humano tiene una calidad y capacidad de respuesta emocional muy particular, y en el caso del actor, cada uno debe esforzarse por conocer la suya al dedillo, para tener a mano los estímulos que necesita.

En mi caso, cuando nos ponían un ejercicio que consistía en observar un cuadro o escultura, elementos usados con mucha frecuencia en clases, me proponían que debía hacer un arreglo a la obra, transformarla. De ahí se desprendía que tenía que hacer un estudio minucioso, de líneas, colores, espacio, matices, atmósfera, en busca de lo que no me gustaba, para empezar a quitar y poner en mi imaginación, y esto me servía de motivación. Cada uno debe encontrar la suya. De la capacidad que tengamos para concentrar nuestra atención consciente, dependerá nuestro éxito o nuestro fracaso, en la vida o en el arte.

En el teatro, el actor tiene que enamorarse del propósito del personaje y poner ten él todas sus energías, buscando en sus emociones los estímulos que se lo permitan. Sin estos presupuestos será imposible encontrar el arte de actuar y llegar a la verdad artística. El arte ayuda la capacidad de juicio de la sociedad, alimentando el conocimiento, a través del amplio diapasón de las emociones y el entretenimiento, apoyado en corrientes estéticas, pero sin llegar a la verdad artística esto es imposible.

En la vida se van fraguando las respuestas emocionales, de forma fortuita, aparecen como parte de nuestra naturaleza en las relaciones sociales y naturales, en ocasiones en forma brusca y lacerante, casi nunca nos las proponemos conscientemente. En el teatro, tenemos que asumirlas con ayuda de la voluntad consciente, la voluntad consciente nos va a servir para concentrar la atención en el propósito y hacer aflorar las emociones conocidas. Tenemos que asumir los conflictos, dándole un valor a los propósitos.

Si el personaje que usted debe interpretar es un carpintero y la escena es en la carpintería donde está elaborando un tipo de mueble, usted debe encontrar una razón de peso, que ayude a concentrar su atención en su trabajo. Casi todo lo que hacemos tiene un propósito que va más allá del hecho en sí y ese propósito es el que nos hace centrar nuestra atención en lo que hacemos.

Y todo lo que hacemos va a tener un fin, la satisfacción de una necesidad, y la importancia que le demos a esa necesidad o fin, hará crecer o debilitarse la concentración de la atención. Casi nunca el propósito está en la terea, las tareas son las acciones que nos llevaran al propósito, esto debe estar muy claro en el actor. Nunca un actor debe ir a escena por pequeña que ésta sea, sin un propósito que lo ayude a concentrar su atención en el desarrollo de la escena.

Cuando usted sale a comprar un pan, su propósito será su desayuno, y la necesidad del desayuno suyo y de su familia lo llevara a buscar el pan a toda costa; la necesidad del desayuno, centrará toda su atención en la búsqueda del pan y puede imaginarse cuantas acciones y emociones pueden desprenderse de este propósito.

En nuestras vidas cotidiana, las acciones se pueden cambiar, teniendo en cuentas las posibilidades de opciones, aunque algunos objetivos son difíciles de cambiar. Por ejemplo: si usted tiene un fuerte dolor de cabeza, su objetivo será aliviarlo o quitárselo, en este sentido puede tomar muchas acciones: tomarse un cocimiento, ir a la farmacia a comprar un calmante, ir a una sala de emergencia a inyectarse, usar dijiticompuntura, asistir a un ancomputurista etc... pero su objetivo o propósito no podrá cambiarlo porque necesitara aliviarse a toda costa.

El actor está obligado a trabajar con eso, pero puede alimentarlo y manejarlo creativamente con acciones físicas y gestos, dándole más valor al propósito.

El actor debe estar consciente de que su trabajo no está en el texto. El texto es una guía para encontrar lo que no dijo el dramaturgo ni el director y lo que no le dirá ninguno de ellos: es la partitura de acciones y reacciones que el actor vaciará a través del texto. Esto no lo puede encontrar el dramaturgo, ni el director, esto es patrimonio del actor. Esto es su vida, sus sentimientos, su rol.

A los actores con poca experiencia, la atención se le dispersa con facilidad, de ahí la importancia de aprender a concentrar la atención en las circunstancias dadas y la interrelación con el resto de sus compañeros. Tiene que estar atento a las acciones y reaccione de los demás actores, para ubicar sus reacciones en la lógica de la escena. Siempre su punto de atención debe estar en el camino de sus emociones, la atención en puntos externos, siempre corren algún peligro, sobre todo para actores jóvenes con poca experiencia.

A pesar de que todo lo que usamos en el teatro son elementos de nuestra naturaleza, que ya conocemos muy bien, como caminar, hablar, sentarnos, pararnos, en el teatro se no hacen difícil, por el simple hecho de que estamos situando nuestra naturaleza en un contexto distinto y con distinta finalidad. Las razones por las que estamos allí son totalmente distintas a las que conocemos y por tanto debemos aprender de nuevo a usar nuestra naturaleza para el nuevo fin. Y nuestro verdugo y juez, que es el público, pesa mucho sobre nosotros, es por ello que resulta tan importante, aprender a concentrar la atención en el propósito que nos dan las circunstancias dadas y por ahí la "soledad publica" que nos propone el maestro.

Para concentrar la atención, nada resulta tan importante, usando la imaginación, que recordar los detalles más insignificantes, los que pasan desapercibidos para la mayoría. En este tipo de ejercicio, resulta efectivo en dos direcciones fundamentales: a la vez que desarrolla la concentración consciente, y ayuda también a la imaginación.

Cuando concentren su atención en un ejercicio de imaginación, traten de hacer participar las emociones. A algunos les gustará la tragedia, a otro el drama, el humor, el melodrama, etc... nadie conocerá como ustedes mismos lo que motiva sus emociones. Siempre imaginen sus historias, a partir de un papel protagónico de las mismas.

Otro tipo de ejercicio ineludible para el actor, es el estudio constante de sí mismo, sus semejantes y su entorno, además de la concentración consciente y continuada en las escenas cotidianas que vivimos constantemente; esforzarse en desentrañar la emociones que intervienen en cada una de ellas, lo que genera un material de inestimable valor para el trabajo del artista. Ahí encontrara los elementos que ayudan a lograr el arte de actuar.

Tanto lo bello como lo feo tienen el mismo valor para la estética. Lo feo hace resaltar lo bello y viceversa. Es muy difícil encontrar lo uno sin lo otro, son dos categorías que andan de las manos. Nada es totalmente bello y nada es totalmente feo. Dos categorías estéticas que se complementan constantemente. Nunca en una escena traten de separarlas porque destruyen su esencia.

RELAJACIÓN Y DESCANSO DE LOS MÚSCULOS

El director del Teatro de Arte de Moscú lanza su voz de alerta, ante la necesidad de dominar su aparato físico en la escena, porque las tensiones musculares son un enemigo al acecho en las tablas. Cuando aún el actor no sabe relajar sus órganos vocales, su voz puede enronquecer, y esto sería fatal si el personaje no lo requiere, y hasta su voz puede desaparecer, o como mínimo, entorpecerse su tono natural. Si la tensión aparece en otras partes del cuerpo, como las piernas, entorpecerá su forma de caminar; en las manos, les será difícil moverlas como desea. Esto puede suceder en los hombros, la espina dorsal. Los órganos faciales pueden sufrir tensiones que en ocasiones pudieran dar matices trágicos, cuando está trabajando en una comedia, o matices cómicos, cuando se trata de una tragedia. O sea las consecuencias pudieran ser graves para el trabajo del actor, ya que los resultados serían todo lo contrario a lo que se requiere. Las tensiones pueden aparecer en cualquier parte de nuestro cuerpo, incluso en órganos internos, y afectar nuestras emociones y sentimientos, y por ende, la proyección de nuestro personaje. Puede incluso dificultar la respiración, de aquí la importancia de aprender a relajarlos.

Las tensiones musculares no nos abandonan fácilmente, y la mayoría de las veces, no nos damos cuenta de ello. Nuestras relaciones de convivencia nos crean tensiones de todo tipo. Pero en el caso del actor es muy importante que aprenda a mantener su cuerpo relajado, libre de esas tensiones, porque en la escena tiene que jugar con ellas, como juega con sus emociones. Lo que no puede suceder es que lo haga sin darse cuenta, porque esto va a tener tendencia a suceder siempre que nos enfrentemos al público, y cuando estamos poco entrenados, aparecerán por todas partes. Cuando el actor ha adquirido una técnica depurada para relajar sus músculos, logrará hacerlo, incluso en los momentos que requieran de gran tensión o exaltación escénica. Con muchos ejercicios, esto puede llegar a ser normal. Cuando el actor no posee una buena técnica de relajación y su rol requiere de mucho tiempo en escena, tiende a agotarse y por ello a bajar la intensidad del espectáculo, cuando éste más lo necesita.

Stanislavski le exigía a sus actores convertir el trabajo de relajación de músculos en un hábito constante, en una cultura subconsciente, porque consideraba que era la única manera de trabajar libre de las tensiones. Les decía que mientras eso no fuera parte de sus costumbres, no obtendrían resultados satisfactorios, porque el actor, en todo momento, debe ser dueño y señor de sus músculos. Y para corroborar esto, pone el ejemplo del gato y los niños pequeños sobre la arena, donde quedará la marca total de los cuerpos, mientras que un adulto en las mismas condiciones, no marcara su cuerpo completo, como resultado de las tensiones musculares. O sea, se notará que en el área de la rigideces musculares, la marca será endeble, o no se marcará, aún cuando pueda estar completamente dormido.

Para ilustrarnos aún más, nos explica que un actor debe comenzar de cero, aprendiendo a mover su cuerpo para la escena, como lo hizo de niño para la vida, porque la fuerza de la costumbre salva en gran medida la indisposición que produce normalmente la escena, teniendo en cuenta que lo que aprendimos para la vida, es muy difícil hacerlo bien en las tablas, y muchas cosas que en la vida pudieran parecer normales, se ven como un defecto o huecas en el teatro. Y esto se debe a que en la vida, a menudo, pasamos desapercibidos, pero en la escena somos el principal punto de atención, y siempre podrá haber una forma de énfasis o actuación para que sea así.

Continúa diciendo que esto no es tan fácil como se dice, pues requiere de un adiestramiento de mucho rigor. Necesita de una atención rigurosamente ejercitada, capaz de detectar con precisión dónde está la tensión parasita, y como corregirla de inmediato, aunque en ocasiones les será sumamente difícil darse cuenta de cuál es la rigidez parasitaria y cuál no. Y requiere de mucha tensión muscular.

En argumento seguido deja sentado que las posturas asumidas en la escena no pueden estar sujetas a caprichos. Éstas deben ser el resultado del control de observación. Deben ser producidas por una idea, por algo imaginario, siempre obtenida o sujeta a las circunstancias dadas. Una postura que no se encuentre dentro de estos supuestos, puede parecer estúpida, y en la escena no hay cabida para las posturas o movimientos parásitos.

Según su criterio, el maestro divide en tres los momentos en las posiciones del cuerpo. A la primera la llama tensión superflua, y seguidamente explica que la misma está dada por cada cambio de posición o postura, y la presión que se crea por la presencia del público. Pone como segunda la relajación, al ser detectada por el control de la observación, y finalmente, la justificación de la postura.

Un objetivo vivo, como él lo llama, no es más que algo imaginario o no, capaz de motivar con fuerza nuestra sensibilidad y llevarnos al plano subconsciente. Al suceder esto, nuestra naturaleza se encargará del control, siendo la única forma de que nuestros músculos trabajen debidamente y tendrá cada uno en cada momento que lo requiera, la energía y el control necesario, para su juego natural, de contracción y relajación.

Hemos visto mediante las explicaciones anteriores lo que sucede cuando usamos la conciencia, para hacernos cargo del trabajo subconsciente, donde sólo vamos a conseguir desorganizar toda nuestra naturaleza, porque estamos rompiendo en pedazos el balance perfecto con que la naturaleza dotó a estos dominios. Pero nuestra naturaleza no es arbitraria en este caso, pues nos da la posibilidad, para nuestro trabajo, de elegir conscientemente nuestros movimientos para el rol, dentro de las circunstancias dadas y embellecerlos, pulirlos, y mediante repeticiones constantes, grabarlo en nuestro sistema, entregándoselo así a la subconsciencia, y a partir de aquí, nuestro sistema funcionará como un instrumento perfectamente afinado y no se quedará en los límites de lo indefinido y antiestético, logrando gran claridad y calidad en su expresión plástica.

Esto reviste vital importancia, porque como él dice, el escenario es un espacio reducido y el público mira al actor con prismáticos, y nada le pasa desapercibido, ni el más mínimo gesto, ni el más mínimo movimiento y los defectos que no se ven en la vida diaria, aquí se amplifica. Por lo tanto, debemos transformarnos para convertirnos en actores, educar todo nuestro sistema natural para adaptarlo a las exigencias de este arte, y eso requiere de un hábito constante, una cultura de trabajo sobre nuestros músculos, nuestras expresiones y movimientos. Las impresiones que logremos grabar en el público serán imborrables, por ello, y debemos tratar de que sean las mejores, con movimientos seguros, sin rigideces innecesarias que entorpezcan la correcta transmisión de emociones y sentimientos, estableciendo con el espectador la comunicación que nos proponemos.

Debemos tratar de lograr el dominio total, como lo explica el maestro:

"El gato pasa instantáneamente del más completo reposo al movimiento, con la intensidad y ligereza del relámpago, y eso es difícil de seguir. No obstante, ¡que ahorro de energía hay en ello! ¡Cuán precisa y cuidadosamente suministrada!

* * *

Cada vez se hace más importante la necesidad de aprender a relajar nuestro sistema muscular, la vida moderna nos somete a un estrés constante, y el factor tiempo se hace más y más importante. El desarrollo tecnológico tiende a facilitar muchas cosas de la vida ordinaria, pero a su vez crea otros problemas que no eliminan el estrés, sino que los genera por otras vías.

En el caso del actor, está obligado a trabajar con su sistema muscular y con su sistema nervioso, y por lo tanto tiene que aprender a dominarlo y mantenerlo relajado, pero eso no se logra sólo por quererlo, sino que necesita disciplina, tiempo y dedicación.

A menudo nos encontramos que desde niños, cuando nuestros mayores no fueron cuidadosos, aprendimos a sentarnos mal, a caminar poniendo los pies en posiciones incorrectas, o tuvimos un accidente y para evitar el dolor del área durante la etapa de cura, adoptamos posiciones que la subconsciencia grabó como cómodas y nos quedamos con ellas, sin darnos cuentas, hasta que alguien nos advierte.

Una vez que la subconsciencia graba una forma de pararnos, sentarnos, caminar, mover los brazos, respirar, etc... y las asumió como cómodas, esas poses nos acompañarán siempre, a menos que con un trabajo constante y disciplinado, logremos corregir esos defectos. Pero no sólo es importante hacer lo correcto con nuestro aparato sicomotor. Es de importancia vital para el actor lograr dominar su cuerpo hasta donde nos lo permite la propia naturaleza; el dominio de la plasticidad corporal no es una opción para el actor, es un hecho ineludible. El actor no sabe qué personaje va a enfrentar y que deformación física pueda tener ese personaje, y tiene que estar preparado para cuando llegue el momento. La guerra no es el momento de aprender, en la guerra hay que pelear.

Mencioné la palabra plasticidad. La plasticidad es la capacidad que desarrolla el ser humano, mediante ejercicios rigurosos y disciplinados de mover y tensar los músculos en partes específicas de su cuerpo mientras mantiene el resto relajado. Esto se puede observar en los bailarines de danza moderna: esa precisión y limpieza con que trabajan sus movimientos son el resultado de mucho trabajo y disciplina.

Todos los seres humanos nacemos normales con las mismas capacidades, sólo que unos desarrollan, más que otros, la voluntad y disciplina. Esos son los que llegan: no existe otra fórmula.

Un alumno me dijo una vez que no entendía por qué había que ir tan profundo en las técnicas del actor si la vida le demostraba que era más sencillo hacer un personaje creíble, y tiene razón, desde la superficialidad de su pensamiento. Él ha enfrentado personajes contemporáneos sin muchas exigencias y ha conceptualizado la actuación a partir de ahí, sin ir más lejos. Le recomendé ver El jorobado de Nuestra Señora de París interpretado por Charle Lauthgton y que después hablaríamos. Que observara la genial interpretación de este actor, y si no entendía a partir de allí, estaba dispuesto a hacerle otras recomendaciones.

Lo que sucede es que con mucha frecuencia tendemos a sacar conclusiones a partir de lo que hemos hecho y conocido, sin buscar más, y nos acomodamos al creer que nuestro trabajo llegó a su cumbre.

Todo actor que lleve dentro de sí un verdadero artista, irá siempre en busca del reto, que ponga a tope su partitura de sentimientos. Irá siempre en busca de sus límites, nunca se conformará con menos.

El arte es interpretación de la verdad por medio de la ficción, y encontrar eso es siempre complejo, difícil. Es para el actor un reto, un sacrificio, aunque la razón más noble del teatro sea la de divertir, como dijera Bertold Brecht.

Aprender a relajar nuestros músculos no es un deseo caprichoso ni para lograr resultados estéticos, como tampoco es un capricho la tensión de un musculo. Las tensiones musculares son reflejo de tensiones emocionales que todos tenemos, pero el actor trabaja con sus emociones y sus músculos y tiene que tener emociones y músculos obedientes, y las tensiones musculares dificultan la obediencia.

Las contracciones musculares contenidas, crean situaciones con la irrigación sanguínea y pueden terminar produciendo enfermedades permanentes, por ello es tan importante el descanso y las secciones de relajación de músculos. Esto es una práctica terapéutica que se aprende poco a poco, generalmente, y comienza aprendiendo a relajar el cuerpo por partes de nuestra anatomía: el cuello, los hombros, brazos y antebrazos, estomago, pelvis, etc...

Esta es una técnica que el actor usará en la escena, la de mantener sus músculos relajados, utilizando sólo la energía necesaria en cada acción. Cuando el actor aprende a dominar esta técnica, nunca tendrá tensiones innecesarias, porque siempre sabrá cómo y hacia dónde dirigir sus energías y aprenderá y logrará poco a poco que su naturaleza se comporte en escena como se comportaría en la vida real, dentro de las exigencias del teatro, claro está.

UNIDADES Y OBJETIVOS

En este capítulo el maestro explica cómo trabajar con el texto de la obra.

La experiencia nos dice que en general encontramos con mucha frecuencia que los noveles tratan de asimilar el material dramático como un todo, de un bocado. Y por ello nos dice que este modo trabajar hace imposible la asimilación, aún para los más experimentados.

La dramaturgia bien escrita no divaga. No existen textos o escenas superfluas. Pero aún así, cada escena o texto tiene su peso específico dentro del contexto general, teniendo en cuentas la línea del énfasis que ha marcado el director. Es de suma importancia que el actor aprenda dónde está lo esencial de las obras, y esto no significa que no le pondrá atención a lo secundario, sino que sabrá dónde está la línea que no debe quebrarse. No todas las escenas cumplen la misma función, ni van en la misma dirección, y esto requiere mucha delicadeza, para asimilar el contenido.

Es importante no perder de vista que este trabajo de selección, para ir asimilando cada momento en su peso específico y en pequeñas porciones, es sólo para la etapa de asimilación del material, porque el público debe ver la obra como un todo impecable, y no debe llevarse la impresión de una historia fragmentada. La obra tiene que encadenarlo emocionalmente de principio a fin.

El maestro necesita que su actor siempre tenga un punto de orientación sólido, que lo lleve por el camino correcto, que no le permita perderse, y cuando eventualmente eso suceda, que sepa de inmediato encontrar la orientación. Y para esto aconseja asimilar el material poquito a poco, por pequeños fragmentos, que el actor estudiará con mucho cuidado, y lo ilustra con algo tan sencillo y común. Es como una comida, donde usted debe tomarse su tiempo, disfrutando cada momento, y que sea así no es casual. Él quiere que vayan despacio, bocado a bocado, y que no dejen de disfrutarlo, como se disfruta un buen plato, y para así decirlo, se apoya en el paladar, porque es difícil encontrar a alguien que no comprenda cómo se disfruta un buen plato. Es su modo de hacer comprender lo que quiere, rápido y sin mucho esfuerzo.

Como vemos, en su trabajo, muy a menudo, se encarga de poner frases o palabras que nos indican la necesidad de disfrutar todo lo que hacemos, porque sabe que los resultados apetecibles son posible sólo cuando usted se enamora de su trabajo y él quiere que sus actores sean personas enamoradas de lo que hacen. Cuando esto se logra, una parte importante del éxito estará garantizada.

Por ello enfatiza su parte, y pide a sus actores que nunca sigan a los que de alguna manera tratan de escapar del trabajo organizado para el estudio de la obra, porque ha visto cómo los actores se pierden en las puestas de escena, siéndole difícil reencontrar el canal, y esto se debe a que no se ha hecho un trabajo detallado de preparación de dicho canal, donde el actor estaría atado firmemente a su ruta. De este modo se pierden en los detalles superficiales, errando en el sentido de las conexiones que los llevarán al total. Y eso va a resultar mucho más importante si tenemos en cuenta que en muchas ocasiones, más de la que nos imaginamos, se encontrarán con obras que tienen deficiencias dramatúrgicas, y el actor, junto con el director, tendrán que salvar dichas deficiencias para la puesta. Y si el actor no está preparado para el estudio cuidadoso de la obra, esa labor se le hará engorrosa y poco menos que imposible. De aquí la importancia de aprender a trabajar con las unidades y los objetivos.

El autor se refiere a obras bien escritas, o al material que queda después de haber sido corregidos los defectos de origen, donde quedan encadenados todos los elementos de forma tal, que si usted remueve una parte, destruye el hilo conductor. Cada escena es un eslabón insustituible de la cadena. Cada unidad quedará encerrada en su objetivo formando un cuerpo sólido, que cumplirá dicho objetivo, y tratando de que sea la única llave y el camino que conduce a la próxima unidad. Después del trabajo del actor y el director con las unidades y objetivos, no habrá cabida para quitar o poner elementos sin afectar la trayectoria, o el rígido camino que conduce al desenlace, su lógica y coherencia. Formando lo que el gran director japonés Kurosawa, refiriéndose a sus filmes, llamó "el guion de hierro".

Stanislavski quería que cada uno de sus actores pusiera toda su atención en cada uno de los objetivos de las unidades por igual. Porque es la forma que encontró de mantener firme la trayectoria del personaje. Luchó porque la única forma que tuviera el actor de salir de una unidad, fuera cumpliendo a cabalidad su objetivo. Su preocupación era que el actor y el público encontraran un camino común, claro, lógico, coherente, para que ambos pudieran vivir con la misma intensidad cada momento de la puesta, logrando una identificación total. Y a su modo de ver y hacer, esto se podía lograr creando un carril de principio a fin, y esto es precisamente lo que hace con sus unidades y objetivos: evitar que el actor pudiera perderse, y si esto eventualmente sucedía, pudiera orientarse de inmediato, regresando a la trayectoria. Se empeñaba en que la razón del actor para permanecer en escena fuera el objetivo, y este debía ser siempre el centro de su existencia en escena.

"El objetivo, eso es lo que le da seguridad y fe en su derecho a subir al escenario y permanecer en el"., dijo.

Alertaba sobre el resultado casi axiomático de encontrarse en la escena siempre más de un objetivo, y que muchos de ellos juntos pudieran ser peligrosos para el trabajo del actor, pues cuando este aún no es capaz de entenderlos con claridad, pueden causarles desviaciones funestas.

El actor debe estar preparado para saber cuáles son los necesarios y justos, cuáles son los que alimentan su trayectoria hacia la próxima unidad y cuáles no, y aquí el actor debe hacer un trabajo cuidadoso con el texto, que le permitirá crear su línea inquebrantable.

Los actores siempre tenían que encontrar los objetivos en sus compañeros de escenas, nunca fuera de este marco, y nunca tratar de encontrar un objetivo en el lunetario. Esto, porque en el teatro anterior, los actores dirigían su discurso al público, no trataban de recrear los hechos en la escena misma, como ahora quiere el maestro.

Los objetivos debían estar estrechamente ligados al personaje y sus intereses, nunca debían estar fuera de este marco. Debían estar intrínsecamente ligado, ser carne y hueso y sueño del personaje.

El actor debía encontrar y recrear el arte en el objetivo, que es la razón principal de su trabajo. O sea, poner de su mundo emocional todo lo exigido por el personaje, para convertirlo en un ser vivo, creíble, capaz de convencer, y que el público lo disfrute y lo sienta con la misma intensidad que él lo emite. Deberá estar siempre en la trayectoria del personaje, no apartarse ni un segundo de ésta, y sobre todo disfrutar su rol, poniendo todos los elementos necesarios para encontrar el arte de actuar, sin permitir elementos vagos, porque éstos tienden a sacar al público de situación, y después resultaría poco menos que imposible volverla a atrapar.

Para que no se perdieran, los hacía buscar un nombre para la unidad, resumido en una frase que encerrara la esencia de la misma. Además de quedar claro el objetivo a seguir, y que también el significado del objetivo no quedara expresado en forma de nombre o sustantivo. Y que esta frase estuviera escrita en término de acción, empleando siempre para el objetivo un verbo, incitando así a la acción.

* * *

En nuestra vida diaria siempre nos planteamos objetivos a cumplir, y siempre estos objetivos serán un acto de conciencia, con base en la cultura de los pueblos, en su capacidad de desarrollo político, social, económico etc... Los objetivos nunca dejarán de estar en nuestra conciencia hasta que se logren o se abandonen, y siempre estarán más allá de toda acción.

Siempre que nos planteamos un objetivo, dependiendo de la importancia y de la complejidad del mismo, planificaremos nuestras acciones por etapas. Cada una de dichas etapas tendrá también un objetivo que generará una estrategia para lograrlo. Esta cadena de pequeños objetivos nos va a conducir a nuestro objetivo principal.

Aunque nuestras acciones y conversaciones reflejen nuestro objetivo, éste siempre estará más allá de toda acción o diálogo.

En la vida cotidiana nuestra existencia cobra sentido a partir de los objetivos: nos levantamos en la mañana, vamos al baño, nos cepillamos, nos aseamos o bañamos, regresamos a la cocina, tomamos café o desayunamos, nos alistamos para salir a trabajar... O sea, siempre hay un objetivo en nuestras mentes, y las personas que en algún momento de sus vidas han carecido de objetivos, la vida se les vuelve fofa, dan vueltas como zombis, todo pierde sentido para ellas, y esto es lo mismo que sucede en la escena cuando se pierde el objetivo, o cuando nunca se tuvo uno claro.

Cuando necesitamos estudiar porque tenemos una prueba que se avecina, estudiar no es el objetivo principal, pero sin vencer la etapa de estudio no lograremos el objetivo principal, que es, vencer la prueba que se avecina, por lo tanto, nuestro primer objetivo para lograr nuestro objetivo principal será vencer la etapa de estudio.

Si planificamos un viaje de vacaciones a la playa, disfrutar la playa será nuestro objetivo principal, y eso estará siempre en nuestra consciencia, a la vez que se desprenderán un cúmulo de acciones: es posible que tenga que comprarse un traje de baño, porque no tiene o el que tiene ya no le gusta o esta viejo. Esta puede ser su primera unidad con su objetivo.

Otra unidad con su objetivo pudiera ser: hacer todo lo necesario para preparar su automóvil a fin de que esté listo, si decidió hacer el viaje en su propio automóvil, o si no, comenzar a explorar los pasajes disponibles o decidirá rentar un auto, las paradas que deberá hacer. etc...

De cada una de estas pequeñas unidades se desprenderán sus propias acciones y objetivos, que terminaran logrando su objetivo principal, que será disfrutar sus vacaciones en la playa.

Usted quiere darle una sorpresa a su padre por su cumpleaños. Su padre es un hombre retirado que soñó toda su vida con viajar, pero nunca pudo cumplir su deseo, y usted quiere llevarlo a conocer Londres. Pero no quiere que sea en invierno porque a usted no le gusta el frio extremo y piensa también en la edad de su padre. Comenzará a explorar los boletos más económicos para el verano, y una vez decidida la fecha, tendrá que planificar las vacacione en su trabajo. Como quiere que sea una sorpresa, se pondrá de acuerdo con su madre para comprarle a su padre ropa apropiada sin que éste se entere. Su madre se embulla con el viaje y tiene que incluirla, pero no tienen con quien dejar el perro y usted comienza a buscar la forma de solucionar este problema.

Como pueden ver, de aquí se desprenden muchas unidades y objetivos, que desprenderán a su vez muchas acciones, pero siempre el objetivo principal, será disfrutar el viaje a Londres con su familia.

Esto es en esencia lo que nos plantea Stanislavski para el teatro. Sólo que en la vida es relativamente fácil, puesto que responde a un deseo o necesidad personal, pero en el teatro, se nos da el texto y ciertos rasgos de la personalidad del personaje, que han sido elaborados por otros, pero que tenemos que lograr hacerlos nuestro y desenvolverlo dentro de determinados conflictos. Por lo tanto, será un poco más difícil fijar las unidades y objetivos. Lo que no se puede perder de vista es que los objetivos serán siempre actos de consciencia y estarán más allá de toda acción o texto. Del planteamiento claro, de la cadena de objetivos menores, dependerá el éxito o el fracaso. Hacer suyo dichos objetivos y defenderlos como si en ello le fuera la vida, será la base de su trabajo.

Toda escena, en el teatro, tiene que tener un objetivo conectado al objetivo principal, de lo contrario, la escena no debe existir.

El actor jamás subirá a escena sin un objetivo claro, y esto es válido, incluso, para los ejercicios de actuación.

Vladimir Nemirovich Danchenko

FE Y SENTIDO DE LA VERDAD

El creador del primer método teatral daba importancia de primer orden a lo que el llamo "circunstancias dadas", ya que éstas son las que justifican la presencia del actor en la escena. El actor, como todo ser humano en la vida, es hijo de sus circunstancias, y esto es lo que da sentido a su verdad, creando una fe, y generándole su capacidad de acción, lo que da sentido y razón de ser y estar, de actuar con la certeza circunstancial de su verdad.

Las circunstancias crean las motivaciones que nos conducen a la acción. Sin circunstancias no será posible elaborar una verdad que sirva de sostén a nuestra forma de conducirnos, a nuestra verdad, que siempre estará sujeta a nuestras circunstancias.

En la escena, las circunstancias serán dadas, estarán en el texto o en las indicaciones del director. Él deja claro que es de lo que tenemos que ocuparnos en la escena, y que el actor no debe ocuparse de nada material en su escenario, ni cuestionar si las circunstancias son reales o no, ya que para él siempre serán reales. Lo material solo debe servir de estímulo para su interioridad, que es el centro principal de su trabajo, y es donde debe buscar su fe, su sentido de la verdad, y debe apoyarse en las "circunstancias dadas" para encontrar el espíritu de su rol, creando un alma que siente y que padece, que sufre y goza, que disfruta, que ha encontrado sentimientos sinceros, que demuestran fehacientemente su verdad y robustecen su fe.

Da la fe como sentido de la creencia, donde no puede encontrarse una verdad sin creencia. La verdad y la creencia forman una unidad indisoluble. Una no puede existir sin la otra, y estas deben ser aplicadas a las circunstancias, y así encontrar una verdad que sea creída por él, sus compañeros y el público.

Esta verdad debe contribuir a reafirmar su creencia, así como la de los demás actores y arrastrar al público en la misma dirección. Y el único lugar donde esto puede encontrarse es en el actor y su naturaleza. No existe otra vía que conduzca a la verdad, realmente sentida. No puede haber un sólo momento en la escena donde no esté presente la creencia incondicional y sentida, y siempre en función de las circunstancias, que dan la razón de ser y estar del personaje, donde proyectará todo su caudal de sentimientos y emociones.

El maestro insiste en la necesidad de convertir la introspección en un hábito subconsciente, y esto no es más que convertir al actor en objeto de estudio de sí mismo, concretamente de su conducta, sus sentimientos y emociones en cada momento de su vida diaria, y acopiar todo este conocimiento para ser usado en la escena. Porque él sabe que el actor es su propio instrumento de trabajo y que el que no conoce su herramienta, no podrá hacer nada con ella, ni lograr un nivel profesional en cualquier tarea. Esto comienza con el dominio de los medios y materiales de trabajo, y si usted no domina a la perfección sus medios, nunca será un buen profesional.

En este caso la herramienta es usted, y por ello la insistencia del maestro en convertir la introspección en un habito personal y cultural, porque sabe que para su trabajo es el único camino a una labor capaz de llegar al arte, que es en última instancia la razón de su tarea.

Él quiere la verdad en escena, pero está consciente de que la verdad que busca sólo puede encontrarla dentro del actor. Pero también sabe que el único que puede extraer esa verdad y ponerla en las tablas es el propio actor, y por tanto necesitará desarrollarlos en el dominio de una técnica que le permita llegar a ella, como actor. Desde luego, él conoce muy bien la diferencia para encontrar la verdad, entre el actor y el espectador, y este último la encontrará con relativa facilidad, mediante un jalón intuitivo, y será su arma fundamental desde su butaca, y vivirá las emociones junto con la verdad del actor, del mismo modo que sufrirá decepciones con la falsedad del mismo. El actor necesita años de ardua y paciente labor para dominar la verdad en la escena, porque no se encuentra de la noche a la mañana, y en ocasiones no se encuentra nunca.

Nos encontramos directores y críticos exitosos en su labor de crítica y dirección, pero al mismo tiempo incapaces de encontrar ellos mismo la verdad como actores. Existen incluso actores con un sorprendente sentido de la verdad que como espectadores son al mismo tiempo deficientes, ellos mismos, para encontrarla sobre las tablas. Todo esto el maestro lo conoce muy bien, y por ello emprende el camino de desarrollar una técnica depurada, que permita a sus discípulos llegar a su verdad.

Pide a sus actores desarrollar una capacidad crítica, positiva, constructiva, que se aleje de las imprudencias, y vaya a la crítica comprensiva, ya que esto les ayudara a sí mismo, y a sus propios compañeros.

Les reitera que comiencen a aprender de nuevo, todas sus experiencias, pero esta vez observando con detenimiento lo que sucede en todo su ser, una observación rigurosa de cada momento, y experimentar de nuevo con sus cinco sentidos, observar las sensaciones que se producen cuando beben agua, café, jugo, y ver y sentir qué diferencia encuentran cuando rueda por sus gargantas, cómo actúa, qué sienten en cada caso, y así, con cada uno de sus sentidos. Esto deben hacerlo en cada acto de sus vidas, hasta convertirlo en hábito. Éstas serán sus armas para lograr el sentido de la verdad en la escena, y los alejará de los actos convencionales, falsos, de movimientos y gestos aprendidos, para que nunca caigan en el cliché.

Y para corroborar esto nos ilustra con una anécdota, donde es necesario poner en conocimiento de la muerte repentina de su esposo a una mujer, resaltando lo trágico del momento de acomodar la noticia lo mejor posible. Finalmente le suelta la dolorosa información, pero lo más importante aquí, y lo que el maestro quiere destacar es que él puede percibir e identificarse con el estado de devastación emocional que embarga a la infeliz mujer, y sin embargo, no hay en su rostro expresión alguna. No ve en ella ninguna de las expresiones que los actores suelen utilizar, y el estado emocional de la mujer es tan intenso que finalmente se desmaya. En conclusión, nos quiere decir que hay un abismo insalvable entre las convenciones teatrales aprendidas conscientemente y las emociones reales. Y las que él quiere en la escena son las reales, las que nacen de adentro hacia afuera, y que los actores jamás utilicen gestos aprendidos conscientemente. Que el acto siempre venga de lo emocional a lo físico, ya que el acto es siempre hijo de un estado emocional.

Conmina a la paciencia a la gente joven, pues a menudo pretenden leer la obra un par de veces y subir a escena, y esto no es posible de ese modo.

El trabajo con la obra es largo y a veces tedioso. Siempre se debe ir por partes, siguiendo el proceso de unidades y objetivos, y para su asimilación desmenuzar también las unidades en porciones más pequeñas. Nunca hay posibilidad de asimilar el material de un golpe, teniendo en cuenta que no se trata sólo de memorizar el texto, y que hay que escudriñar entre líneas, hay que descubrir lo que significa cada texto en el contexto y saber qué puede servirnos, cómo podemos acomodar nuestros sentimientos en él, cómo podemos hilvanarlos con el que antecede y sucede, e ir encontrando nuestra verdad en cada uno, que es finalmente lo que vamos a necesitar. Encontraremos, además, textos que no comprendemos como un todo, y debemos entonces descomponerlo en sus partes, para poder encontrar y fijar en panorama su contenido.

Pone el maestro especial énfasis en los detalles, que en la vida real pudieran pasar desapercibidos, más en la escena tienen un gran valor, y pueden reafirmar la veracidad del trabajo del actor y la escena. Puede también contribuir a comprender la personalidad del personaje. El actor debe estudiar éstos detalles en la vida real, observar lo que sucede cuando alguien al beber una taza de café, la derrama sobre su ropa; cuando una silla se rompe en el momento que alguien se sienta en ella o un vaso de agua se vira y se derrama el líquido sobre la mesa, o cae y se rompe, o también la brisa abre una ventana, etc... etc... Estos elementos, utilizados correctamente y en cantidades y momentos lógicos, tienden a reforzar la verdad del actor y la escena, a la vez que el actor, tiene más asidero para su labor. El actor debe desandar por la vida en busca de los detalles que les son cómodos: nadie puede hacer esto mejor que él, porque sabe mejor que nadie cómo y dónde encontrar los elementos que motivan su verdad; sólo él puede conocer lo que despierta su espíritu de creación, y esto se debe a que cada ser es único, y conducir su naturaleza, es una tarea que corresponde solo a él.

Cuando un grupo de personas observa un acontecimiento, desde la misma posición espacial, si usted los separa, y les hace las mismas preguntas sobre el hecho observado, notará de inmediato que, sobre todo en los detalles, habrá tantas versiones como personas en el grupo. Esto se debe, entre otras muchas cosas, a que cada ser humano se ha formado un prisma a través del cual observa, y su naturaleza asimila de manera personal sus emociones.

Nunca es igual. Cada ente es único e irrepetible, y es por ello que Stanislavski insiste en usar el mundo emocional de cada cual, porque sabe demás que las convenciones teatrales son gestos aprendidos conscientemente, convirtiendo a los personajes en arquetipos, que no son más que una suma de falsas gestualidades aprendidas. Y él va en busca de la vida, de la naturaleza orgánica del hombre, y conoce que esto sólo es posible penetrando la naturaleza del ser humano. Hasta el día de hoy, no se ha encontrado otra forma posible.

Estas orientaciones son sólo eso: orientaciones. Nadie puede copiar exactamente el método de nadie. Cada uno, como actor, para no perderse y salirse de situación, marcará su trayectoria con acciones físicas y trabajará sobre ellas hasta convertirlas en subconscientes, y esto le ha servido de guía siempre contra los peligros constantes de la desviación. Y les resultarán efectivas, más es posible que esto no le sirva a otro actor, y entonces no debe usarlas. Pero lo que si debemos asimilar de esto es que cada cual tiene que crear una defensa contra estos peligros, y poder mantener una línea emocional lógica de principio a fin, y créanme, es mejor un mal método, que la ausencia total de método. Y con esto él quiere que su actor sepa qué hacer en cada segundo sobre la escena, desea ver en cada actor una guía sólida que lo ayude a transitar por sus emociones, sin baches, sin incertidumbres, de manera convincente.

En su método para enfrentar un personaje lo actuaba en las tablas, pero también fuera de ellas. Lo introducía, por lo menos mentalmente, en cada una de las situaciones que se encontraba en su vida diaria, preguntándose, siempre, como se conduciría su personaje de encontrarse en análoga situación, y lo movía dentro de esas circunstancias. Esto lo hacía con el objetivo de mantenerse siempre en posesión del personaje, y le resultaba, porque este método lo convirtió en un hábito. Mantenía así la vida ininterrumpida de su personaje, convirtiéndolo en un ser humano de carne y hueso, que siente, que padece. Y esta es la razón de ser del actor, la creación de una vida humana sobre las tablas, de una personalidad viva, vibrante, sin diferencia entre él y los demás humanos vivos, no más de las que puso en cada uno de nosotros la naturaleza y la sociedad. Este es el fin último del actor, no más.

Explica además el maestro la relación entre el mundo emocional y el mundo físico, esta es una unidad sellada, indisoluble, y una no puede vivir sin la otra, ya que esto lo da la naturaleza de esa manera. Usted no tomará agua, si no siente esa necesidad; no comerá si no siente hambre; no se cubrirá si no siente frio; no se protegerá si no siente la presencia del peligro. No hará nada sin que lo produzca el sentimiento, el instinto, o una orden emocional. Aquí está el presupuesto fundamental a donde el actor acudirá para producir los movimientos, para que sean naturales desde su origen, creíbles, y todo lo que no salga de aquí, no será ninguna de las dos cosas. El actor está obligado a que las circunstancias dadas y los objetivos penetren su mundo sentimental, y es como el mecanismo del rumiante: debe primero tragar, y después traerlo de adentro hacia afuera, en una elaboración genuina, fortalecida.

Cuando el maestro habla de la importante cadena de acciones físicas, desde luego que está hablando de algo externo, para seguir con la consciencia. Está hablando de una especie de hilo de Ariadna, para que sirva de guía, y pueda salir airoso del laberinto. Pero ahora falta lo fundamental. Ahora debemos ir hacia el minotauro, donde comenzamos a sentir todas las emociones que produce el posible enfrentamiento con la bestia. Sentimientos y emociones son las principales armas con que el actor enfrentará su camino. Del mismo modo que cuando un soldado se queda solo, y si pierde su arma muere, el actor en las tablas, si pierde sus armas, muere como actor.

Cuando el actor logra dominar su mundo interior, transmitirá emociones y sentimientos. También cuando habla, gesticula y se mueve, e igualmente cuando está en estado de inmovilidad, y en silencio. Como dice el maestro, su sentido de la fe y la verdad, una vez desarrollados, funcionarán como un vigilante alerta, para evitar que el actor se desvíe de su mundo interno, y no le permitirán que flaquee ni por un instante, manteniéndolo dentro del sentir, experimentando sensaciones y vivencias, donde lo más importante será siempre creer en lo que se hace. Siempre que se crea se siente, y todos estos elementos que él les da aquí a los actores, tienen como objetivo principal ayudarlos a creer, porque, como en la vida real, mientras más se cree, más ricos y potentes son los sentimientos y las emociones.

Siempre la verdad dará una gran potencia al más mínimo movimiento. Esos que en la vida pueden pasar inadvertidos, en las tablas cobran un significado especial, porque no se trata de darle importancia sólo a las emociones fuertes, como cuando una sonrisa viene del alma, que contagia, o cuando no nace de un mandato sentimental o emocional, que resulta fría, plástica, y más que una sonrisa es una mueca. Es por ello que el actor tiene la obligación de dotar a todos sus gestos y movimientos, con la carga sentimental o emocional que exigen las circunstancias dadas y el objetivo. Cuando alguno de estos elementos falla, su trabajo deja de ser satisfactorio. Incluso, cuando leemos un texto cualquiera, podemos detectar detrás de las palabras, frases, y entre líneas, las razones emocionales que motivaron el texto. Cuando leemos un poema, esto suele ser más acentuado, puesto que el poeta usa frases y palabras destinadas a estimular la imaginación del lector, y con frecuencia el poeta busca una explosión en la imaginación y los sentimientos, para hacernos partícipes de su arte, lográndolo con sutilezas impecables, porque las sutilezas en el arte tienen una fuerza imparable, y el teatro no es una excepción.

Cuando tengan que enfrentarse a una escena, no piensen en acciones físicas, como dice el maestro y pedagogo del Teatro de Arte de Moscú: deben pensar en las circunstancias dadas y el objetivo a lograr, para así estimular su mundo interior. Lo demás viene por sí solo, cuando los sentimientos y emociones ocupen su lugar con los gestos y movimientos. En fin, que con las acciones físicas que afloraran irremediablemente, ser encontrará la verdad que van a transmitir. Nunca olviden que siempre los elementos principales para su trabajo están en las circunstancias. Nunca divaguen en otra dirección, vayan directo a las circunstancias.

Nunca traten, además, de encontrar sentimientos "adecuados", o lo que es lo mismo, no intenten fijar sentimientos a las acciones, pues esto es infructuoso y termina falseando la acción. Sólo traten de creer con todas sus fuerzas, y los sentimientos vendrán cuando ustedes usen los mecanismos técnicos para creer, y encontraran los sentimientos, y estos mecanismos se pueden fijar, y se pueden convertir en técnicas subconscientes. Usen los mecanismos del camino a la verdad.

Nunca se puede decir: "en esta parte voy a llorar, y en esta voy a reír", pues cuando encuentren la verdad, todo esto sucederá sin que ustedes puedan evitarlo, y el público vivirá con ustedes a plenitud esos sentimientos. Usen los mecanismos técnicos para llegar a ustedes mismos y llegaran a él, hagan volar su imaginación y penetrarán su mundo interior. Siempre recuerden que todos los elementos para lograr el arte de actuar están en ustedes, y que todo depende de sus naturalezas, sus experiencias, el mundo emocional que está en ustedes. Esta es su materia prima. Lo importante es desarrollar la técnica que nos permite llegar a ellos, y eso está en desarrollar su sentido de fe y su sentido de la verdad, y ponerlos en función del objetivo, en las circunstancias dadas. Este es un camino para encontrar el arte en su naturaleza, el arte siempre, que es una expresión del sentimiento, y si no hay sentimiento, no hay arte. Eso es lo que trata de encontrar el maestro Stanilavski: que los actores encuentren la forma de trabajar con su mundo natural, sus sentimientos y emociones, sus vivencias, para infundir vida a un personaje. Por eso nos recuerda:

"Lo que yo busco en el arte es algo natural, algo orgánicamente creativo, que pueda infundir vida humana a un papel de por sí inerte".

La fe mueve montañas, reza el dicho, y en la medida en que el actor es capaz de robustecer su fe para creer en la verdad de lo que sucede en la escena, tendrá en sus manos su mundo interior, y estará en condiciones de motivarlo cada vez que lo necesite. No habrá ficciones o fantasías en la que usted no pueda creer e infundirle vida humana, y habrá encontrado así el arma fundamental para comunicarse con el público. Para esto el actor no puede pensar que hace teatro: debe pensar que vive, que está envuelto en un episodio real de su vida, y en esto poner todo su empeño. Lograr esto necesita de un trabajo constante, a toda voluntad y consciencia, y el actor debe enamorarse y entregarse en cuerpo y alma, sin momentos de desmayo, a a carrera del actor, que termina en la tumba.

No existe un artista exitoso que no haya convertido su trabajo en casi una obsesión, en una idea fija, y que no practique cada día de su vida. Que su mente no esté en constante búsqueda, y que los logros que pueda tener no sean resultado del azar o de la suerte, sino que es el resultado de un constante laborar sostenido en el tiempo. Su mente trabaja a gran velocidad aún cuando está en su casa tranquilo, tratando de acercarse a la perfección de su trabajo, porque sabe que los mecanismos para llegar existen, sólo hay que encontrarlos.

El actor perfecciona su técnica cada minuto de su vida. El experimentado sabe que necesita alimentar su fe, sabe que éste es el único mecanismo que conduce al sentido de la verdad, y que necesita encontrar una sólida verdad en cada ficción, en cada fantasía, y en busca de esa fe trabaja cada momento de su vida para escapar de la falsedad. Entiende con toda claridad que la falsedad es el peor enemigo del actor, y que tiene que escapar de ella a como dé lugar; sabe también que es una de las cosas más fáciles de encontrar, sabe que la falsedad es muy frecuente, sabe que ser falso en escena no necesita esfuerzo. Pero para desarrollar y controlar el mundo interior que le dio la naturaleza, si necesita una gran concentración y un esfuerzo constante, y sabe además que su trabajo más importante no es en la escena, sino que está en su naturaleza interior, que es la única forma de encontrar su verdad, por ello anda en busca de ella constantemente.

* * *

Fe y verdad, dos palabras muy polémicas. Conozco a alguien que dice enfrentar la verdad a partir de la fe y que cuando de fe se trata, no es necesario el conocimiento.

En cierta ocasión me puse a esperar un anunciado debate televisivo entre dos supuestos ingenieros de la NASA sobre el tema de los extraterrestres. Me pareció interesante que dos personas que laboran en un centro científico tan prestigioso decidieran hacer publica sus opiniones en algo tan controvertido, tenía mucha curiosidad de lo que pudieran decir.

Llegado el momento, comenzó el programa con las formalidades de siempre, y de inmediato las preguntas del moderador. Uno defendía la existencia de extraterrestres y el otro la negaba. A la medida en que avanzaba el programa y con él la temperatura, los ánimos se caldeaban. Finalmente, ambos se atrincheraron en sus argumentos y las actitudes, y les echaban manos a cualquier cosa como prueba, puesto que ya lo que importaba era ganarle al otro.

Aquello parecía más un acto de fe que de conocimiento.

Termine llevándome la impresión de que no eran más que un par de charlatanes, puesto que ninguno de los dos tenía evidencias o razonamientos convincentes para apoyar sus hipótesis, Pero esto no es característica solo de ellos, ya que muy a menudo vemos personas que defienden supuestas verdades con sorprendente sentido de la certeza, sin molestarse en presentar pruebas, y ni siquiera argumentan con solidez. Es como si dijeran "esto es así porque es asi y san se acabó". Este tipo de conducta es muy frecuente, no crean. Son personas que tienen una necesidad imperiosa de evitar que le destruyan las bases sobre las cual mantiene su estructura de ideas, y es como si pensaran que si esto sucede, el mundo, su mundo, llegaría a su fin.

Stanislavski, observador, lector y estudioso de apetito voraz, conocía estas condiciones humanas, que para la vida real pudieran resultar penosas en determinados momentos para hacer creíbles las situaciones ficticias del teatro. El las necesitaba y por ello usa la palabra "fe". Pero no quiere una fe sin condiciones, una fe fanática, sin base que la sustente. No necesita una fe para creer ciegamente, y la acompaña con la frase, "sentido de la verdad", para invitar al razonamiento. Porque llegar a la verdad implica análisis, pensamientos, sentimientos, discernimiento, usar las capacidades naturales, etc... El necesita una fe cuerda, razonada, pensada, y por tanto creíble, y así trata de escapar del fanatismo, porque sabe que el fanatismo es dañino, esté donde esté, y sabe que esa palabra ha sido interpretada de muchas maneras. Pero sabe también que tiene una importante connotación social y cultural, por eso la usa con mucho acierto. Él quiere que el actor use la fe para creer y convertir en realidad lo ficticio, que es el fin máximo de su camino en las tablas.

Con el uso de la palabra "fe", el maestro quiere dejar claro que en escena la necesidad de creer es inapelable, y con el uso de esta palabra quiere cerrarle el marco a posibles interpretaciones o conjeturas, pero no se queda ahí. Utiliza también la palabra "sentido", porque él quiere una verdad creíble y con sentido. ¿A qué sentido se refiere? En el teatro, lo único que puede darle sentido a la verdad y hacerla creíble, son las circunstancias dadas, y es ahí donde quiere llegar el maestro. Escogiendo cuidadosamente estas palabras, en esencia, él quiere una verdad que sea creíble y con sentido, y el primero que tiene que creer con sentido de la verdad es el actor. Para que el resultado final se logre, que es la comunicación con el público.

En la vida real no existe acto físico sin justificación psicológica y o emocional. No lo busquen porque no lo encontraran. Esto es lo que tiene que suceder en las tablas. Sólo que todo acto físico o psicológico tiene que justificarse entre sí, y además de estar justificado dentro de las circunstancias dadas, éstas estarán siempre en el texto escrito.

En mi caso uso las seis preguntas del lead periodístico, en clase con mis alumnos y me han dado muy buenos resultados. Stanislavski usa cinco, a mí me gustan las seis.

El actor, tiene que sacar del texto estas seis preguntas, partiendo de su personaje.

Quién?: ¿Quién soy?

Dónde?: ¿Dónde estoy?
Cuándo?: ¿Cuándo, cómo y por qué, llegue aquí?
Qué?: ¿Qué tengo que hacer?
Por qué: ¿Por qué tengo que hacerlo?
Cómo?: ¿Cómo lo hago?

Pero esto no es suficiente. Con todas estas herramientas y otras que faltan, el actor tiene que elaborar su técnica, su forma de llegar donde quiere. El actor tiene que meterse en el personaje en cuerpo y alma. Cuando el actor logra crear vivencias genuinas, irremediablemente el público sufrirá, disfrutará el efecto de participación y se creará una atmósfera de retroalimentación en ambas direcciones que crecerá en forma proporcional, según vaya progresando la acción escénica. Si el actor no logra que el público crea en él, esto nunca sucederá, y perderá la oportunidad de haber alcanzado al arte de actuar. La única forma de lograr esto es cuando la cadena de emociones es real, humana y genuina.

Todo lo que el actor va a necesitar para su trabajo está en su interior. Todo lo externo es solo herramienta técnica para aprender a usar las huellas emocionales y ponerlas en función de su labor en la escena. Para encontrar su verdad, y esto resulta axiomático, debe usar la fe y el sentido de la verdad.

El actor tiene que preocuparse por el trabajo de los que compartirán la escena con él. Esto es como en la música de orquesta, que si dentro del grupo hay un músico que no hace bien su trabajo, el número musical conjunto no sonará como debe. En el trabajo escénico cada momento debe tener su atmósfera. Y si alguno de los actores que participa de la escena no logra que afloren sus sentimientos genuinos, se perderá la atmósfera de la escena, y por tal razón no habrá comunicación con el público.

Un actor nunca debe perder de vista que la única herramienta que posee para comunicarse con el público son las emociones, y si él no las hace vivir, no las hace creíbles, no llegarán.

Hay que recordar que en la vida, detrás de cada acción, hay un acto psicológico y viceversa, y detrás de cada acto psicológico, un estado emocional.

El arsenal fundamental del trabajo del actor está en sí mismo, pero es de importancia vital, desarrollar la observación de lo externo: gestos y emociones de sus semejantes, escenas cotidianas etc... Y siempre poniendo el énfasis en lo gestual, lo emocional. Esto, y la introspección, tienen que convertirlo irremediablemente en un hábito subconsciente. Pero debe primero desarrollar este hábito, usando su conciencia, y la conciencia es la organizadora natural de todos estos procesos y el único vehículo para lograrlos.

El trabajo de introspección y observación es el único camino para encontrar la verdad en las emisiones, para que éstas sean verdaderamente creíbles. No existe otra vía.

El actor que desea llegar público tiene que ser exigente y critico consigo mismo. La conformidad es peligrosa para su trabajo, y no debe nunca ser conformista, pero tampoco su torturador: debe esforzarse en ser justo.

Todo lo que hacemos en nuestras vidas lo hacemos siguiendo procesos emocionales. Desde que nos levantamos, nos bañamos, nos cepillamos los dientes, etc...todos estos procesos son el contenido de estudio de la introspección, y el estudio consciente de cada detalle de lo que hacemos es lo que nos va a conducir, en nuestro trabajo, a la verdad y la justicia teatral.

Nunca se debe confundir la acción con la actividad física. Lo más importante para el actor es la actividad psíquica. La acción física es siempre un resultado de la actividad psíquica.

En la vida real siempre hay actividad psíquica, incluso, a menudo inconsciente. Y en el teatro siempre tiene que estar presente la actividad psíquica, sólo que siempre tiene que ser consciente y estar encaminada a las circunstancias dadas y su éxito.

El actor novel tiene que equiparse de mucha paciencia y perseverancia, lograr la técnica hasta hacerla subconsciente es un proceso largo y a veces tedioso. No debe creerse en resultados inmediatos, y como toda tarea compleja, unos asimilarán más rápido que otros, y esto no significa, necesariamente, más talento o menos talento. Muchas artistas brillantes no han sido académicamente buenos, y muchos alumnos brillantes no han sido glorias del arte.

Otro error de los noveles es no prestarle atención a los pequeños detalles de los personajes a interpretar, o disgustarse por el tamaño del rol. Las grandes actuaciones resultan sumas de pequeños detalles, y el tamaño de un rol no determina, necesariamente, su calidad e intensidad. El actor puede y debe alimentar con pequeños detalles su personaje, independientemente de su extensión o tiempo en escena.

Los pequeños detalles lo ayudarán a creer, y entonces su público creerá con él.

Independientemente de que lo más importante en la actuación, sean las acciones psíquicas o emocionales, entre el director y el actor se fijan las acciones físicas fundamentales, siempre buscando la forma más cómodas y efectivas para el actor y los intereses de la puesta. Así, el actor no se pierde y puede también fijar sus emociones.

Stanislavski propone que cuando el actor está fuera de escena, debe observar escenas cotidianas, y elaborar, por lo menos mentalmente, cómo se comportaría su personaje de encontrarse en esa situación. Esto lo ayudará a alimentar su rol y mantenerlo dentro de las circuantas de la obra.

La labor del actor radica en su propia naturaleza, en la persuasión consiente, en los elementos y procesos que nos dan esa naturaleza para subsistir como especie, regulados, a menudo en su contra, por la sociedad.

MEMORIA DE LAS EMOCIONES

Las emociones no se pueden revivir en frío, o ponerlas en movimiento por el simple hecho de recordar la emoción en sí. Para que éstas afloren, siempre tienen que ser el resultado del recuerdo de hechos reales o imaginarios, de otra manera no es posible ponerlas en movimiento. O sea, viven con los hechos y la imaginación para revivirlas, y tenemos que apelar a la experiencia de hechos vividos o imaginados para de esta es la forma de darle vida al personaje. El actor tiene que equiparse con todas las vivencias posibles, y esto no quiere decir que tiene que experimentarlo todo directamente, ya que las vivencias pueden adquirirse leyendo, contadas por alguien, a través del cine, aunque, desde luego, las más importantes son las vivencias directas, que son las que dejan una huella más firme. Lo que no significa que las adquiridas indirectamente no puedan servirnos por igual. Así como las emociones y sentimientos no son susceptibles de ser recordados directamente, el conjunto de imágenes y acontecimientos que las ponen en movimiento se pueden tener en la memoria listas, para ser usadas cuando se estime conveniente, las veces que se quiera. Usted no puede decir voy a llorar, o voy a reír, y hacerlo sin más ni más. Pero si tiene vivencias que lo han hecho llorar y reír, recordando estos hechos con la intensidad requerida, puede volver a provocar los mismos resultados, este ejemplo es posible con todos nuestros sentimientos y emociones. Es lo que el maestro llamaba "la memoria afectiva".

No podemos provocar estos sentimientos y emociones en su origen, pues la única forma de que esto suceda es cuando los acontecimientos son reales, cuando estamos viviendo o re-viviendo realmente. Pero para la vida especial, de realidad ficticia de la escena, es suficiente lograr los resultados, y esto sí es posible con mucha práctica y disciplina, y se pueden lograr las apariencias genuinas de las vivencias, y tenerlas listas en los recuerdos, para ser usadas cuando se estime conveniente.

Cuando una escena exige del actor representar el miedo, primero nos vamos a encontrar con que es muy difícil dar con un ser humano que no conozca este sentimiento, e incluso que lo haya sentido a menudo, por situaciones distintas, y no siempre con las mismas reacciones. Porque esto tiene que ver con su impresionabilidad, madurez, conocimiento, y de esto y otras cosas, dependerá el valor que se le dará al peligro en la vida, sólo que en la escena hay que darle el valor que está escrito, así como los movimientos que serán marcados, y aquí hay que adaptar las experiencias sobre este sentimiento a la escena, para mediante el recuerdo hacer aflorar las sensaciones del miedo. Si la escena requiere que usted ataque, usted debe atacar, pero debe verse que usted ataca por miedo. Porque se puede atacar por odio, que es otro sentimiento. Y como dije anteriormente, como todos, de alguna manera, conocemos el sentimiento, el público lo identificará de inmediato, lo comprenderá, y participará, tomando una actitud frente a su caso, y lo entenderá lógico o no, pero tendrá una posición frente al hecho, según el actor sea capaz de transmitirlo con veracidad.

En este proceso de práctica y almacenamiento, el actor está obligado a hacerlo con cada uno de los sentimientos y emociones, desde los más intensos hasta los más simples. Esto es siempre lo que va a exigir el que observa, y necesita tener guardado y accesibles los recuerdos que estimulan, sus sentimientos y sus emociones.

A menudo un grupo de amigos y conocidos se encuentran para matar el tiempo, beber unas cervezas, y para reír un rato. Comienzan a narrarse historias, con el objetivo de despertar la hilaridad. Pero observen que cuando esto comienza, el primer cuento pone en movimiento la dinámica, y a medida que se van sucediendo, van haciendo a los interlocutores recordar otros, o sea, que cada cuento trae en sí los elementos que estimulan el recuerdo de otros, y con frecuencia se forman discusiones por el turno siguiente. Esto se da porque cuando aparece el próximo cuento, en ocasiones, y cambia la dinámica, los temas, y se olvida el cuento primero, desapareciendo del recuerdo con la misma facilidad que apareció, no resultando fácil volverlo a recordarlo enseguida.

En las conversaciones informales, generalmente no se escucha el sentido del texto planteado. Sólo se reacciona a palabras o frases contenidas en ellas, es por eso que resulta difícil controlar el tema de una conversación informal. Este es uno de los retos más difícil del que escribe.

El actor en la escena tiene que encontrar en el texto del otro, cuando éste no tiene un sentido claro, las palabras o frases que lo ayuden a colocar sus recuerdos, para estimular sus emociones y sentimientos, con rumbo a su objetivo. El actor que se aprende sólo el pie del texto de su compañero, comete un grave error, al quedarse sin asidero para colocar sus recuerdos y reacciones. Los recuerdos aparecen por conexiones, con situaciones o acontecimientos, y en las tablas hay que estar atento a estos acontecimientos y situaciones, para utilizarlos en la medida de la necesidad. Estos mecanismos técnicos son de gran ayuda para que el actor encuentre su verdad y pueda proyectarla con la debida energía y naturalidad.

Como dice el maestro, los recuerdos a los que con más fuerza y facilidad podemos acceder son los que hemos almacenado a través del oído y los ojos, y esto no significa que los recuerdos almacenados por los demás sentidos carezcan de importancia, todo lo contrario, pero los videntes nos acostumbramos más a recordar imágenes, sonidos y sabores, pero el actor, mediante ejercicios, debe desarrollarlos todos por igual.

Existen seres humanos que naturalmente han desarrollado un sentido de la observación muy agudo. Su sentido de la observación es afilado y subconsciente, sin propósito aparente, y sólo disfrutan ejercerlo, y pueden recordar muchísimos detalles de cualquier cosa, incluso, años después, porque esto a su vez, sin proponérselo, ejercita su memoria. Para el actor, es un trabajo consciente, obligado, pero con cada uno de sus sentidos de conjunto. No puede valorar ninguno más que el otro.

En la vida diaria nos encontramos a muchas personas que de alguna manera -unos por necesidad y otros por alguna otra razón- desarrollan algunos de sus sentidos a niveles insospechados. Por ejemplo: el invidente desarrolla su memoria auditiva y táctil a su máxima expresión, y el artista de las artes visuales, la observación y memoria visual. El músico, sus órganos y memoria auditiva; el catador, sobre todo, su olfato y paladar. Muchos otros oficios y profesiones exigen desarrollar en especial alguno de los sentidos, del mismo modo que nos encontramos con personas que han desarrollado algunos de sus sentidos por puro placer. Pero el actor necesita desarrollar agudeza y memoria de sus cinco sentidos.

En la vida diaria, el ser humano participa constantemente de acontecimientos, unos traumáticos y otros no, incluso muchos de ellos porque los disfrutamos, porque son los más fáciles de grabar en la memoria, y son los que provocan emociones fuertes. En este caso, la huella es más profunda, y se instala en el sistema, sin participación de la consciencia, pero como el actor necesita trabajar con todas las vivencias, tiene que poner atención consciente a todos los aconteceres en su vida, a fin de guardar las huellas en su memoria para su trabajo, y sobre todo, los más sencillos, los que pudieran pasar desapercibidos. Lograrlo por todos los medios a su alcance, o sea, por sucesos donde ha participado directamente, cuando lee, en el cine, o cuando alguien le cuenta un acontecimiento.

Este tipo de ejercicio pondrá en juego la atención, la memoria y los sentidos que requiera el suceso. Estas experiencias, acumuladas conscientemente o no, por cada uno de los sentidos, formarán el arsenal de su trabajo, mientras más riqueza acumule, tendrá muchos más elementos para enriquecer su labor en la escena.

Existen infinidad de ejemplos donde los creadores de las manifestaciones artísticas toman historias ajenas y las recrean, convirtiéndolas en una obra de arte. Incluso, no tiene que ser la obra completa. Existen en todas las artes los que en las artes plásticas se llaman variaciones, que no son más que tomar elementos, o instantes de una obra, convirtiéndola en otra, con identidad propia. La historia es una fuente inagotable, donde el arte bebe constantemente. Todos estos procedimientos deben ser objetivos de la observación del actor.

La memoria del actor, sus emociones y sentimientos, tienen que nutrirse constantemente con todas las vivencias que les sean posibles, y éstas son la fuente fundamentar de lo que Stanislavski llamo inspiración. Aquí es donde la inspiración se nutre para hacer vigoroso su trabajo en las tablas.

Cuando por ventura sientan a plenitud un fragmento de su personaje, no traten de fijar los sentimientos vividos: traten siempre de recordar las circunstancias. Éstas, siempre, serán el link o vínculo para acceder a las vivencias, siempre que lo deseen, así lograrán hacerlo de forma natural.

Las emociones y sentimientos son siempre un resultado de las circunstancias que las rodean, y es por eso que el único modo de acceder a este mundo es a través del recuerdo de las circunstancias. Por eso es de importancia vital memorizar las vivencias. Sin vivencias no hay sentimientos ni emociones, pero para los actores, lo más importante, cuando quiere usar sus sentimientos y emociones, es guardar en su memoria las circunstancias reales o imaginarias que los provocan, y mientras más detalles guarde, mucho mejor. Y acudir a ellas cuando las necesite en una escena.

El actor no está capacitado, ni como actor ni como ser humano, para actuar fuera de su naturaleza, y no puede buscar su campo de acción fuera de ésta, ya que está obligado a trabajar dentro de estos límites naturales.

Un número incalculable de seres humanos, de alguna manera, descubre que existen objetos, como prendas, muebles, canciones, ropas, etc.., en fin, lo más insospechado que otros no comprenden muy bien, puesto que no les ven ningún valor real, y hasta se burlan, preguntándose para que guardarán tanta basura o cosas que no tienen al parecer una utilidad. Y en ocasiones, tienen razón: muchas personas guardan cosas por el acto inconsciente, de llenar un vacío interior, pero en infinidad de casos no es así, ya que con frecuencia estos elementos guardan relación con emociones y sentimientos vividos a los que no se desea renunciar, y han descubierto que estos objetos son una conexión con aquellos momentos, y ellos los regresan cada vez que quieran o necesiten. Es muy difícil no recordar emociones y sentimientos a partir de poemas, canciones, lugares, olores, sabores, etc... Esto demuestra que las emociones y sentimientos siempre están ligados a hechos, acontecimientos, sucesos, y que el único modo que nos permite la naturaleza de recordarlos y hacerlos regresar, es a través de su envoltura o definición mental. Hasta el día de hoy no existe otra manera de revivir sentimientos y emociones. Muchas personas toman estos recuerdos y los robustecen, los idealizan tanto que los convierten en sueños platónicos; otras tienen un gran nivel de abstracción y los hacen aflorar por medio de sensaciones, y solo necesitan un ligero empujón, para que las tengan a flor de piel.

El estudio concienzudo y disciplinado de estos fenómenos es de capital importancia para el actor. Esto requiere de un trabajo paciente y ordenado, y permite encontrar el camino de la verdad en escena.

En la escena, un ser que no esté movido por sus sentimientos, será, siempre, un ser vacío, carente de interés. Los sentimientos y emociones son el único camino para llegar a la respuesta humana. No busquen otra puerta o camino, que no existe.

La ocupación principal del actor en escena, tiene que ser sus sentimientos, sus compañeros y su objetivo, jamás puede permitirse el lujo de estar fuera de estos espacios.

El actor está obligado a equipar muy bien la memoria de sus emociones y el maestro lo deja claro en más de una ocasión, cuando advierte.

"Mientras más amplia sea su memoria de las emociones, más rico será el material disponible para la creación interna".

Estas sentencias, son poco menos que irrebatibles, para el trabajo del actor.

Para fortalecer nuestra memoria emotiva, debemos estar atentos. Si por ejemplo, leemos un relato bien escrito, elaborado por una pluma imaginativa de esas que saben poner cada coma en su lugar, vamos irremediablemente a re-vivir emociones. Le podemos quitar y poner elementos para adecuarlo a nuestra naturaleza, y tratar de dominarlo, recordándolo una y otra vez, y una vez asegurado, se guarda, para adaptarlo a nuestra situación en escena de ser necesario. Esto podemos repetirlo, del mismo modo cuando nos encontramos con alguien que sabe contar historias, y hasta de una historia o suceso mal contado, la atención aguda del actor puede encontrar elementos válidos para su trabajo.

El cine es otra fuente inagotable de recursos para nutrirse, pero algo que el actor no puede dejar de hacer jamás es la observación aguda, penetrante, al trabajo de otros actores, siempre buscando la razón de por qué lo hizo bien o por qué lo hizo mal. Todo esto, porque no podemos esperar que un ser humano pueda tener todas las vivencias que necesita el actor, en forma natural y directa. Esto es imposible en una vida, pero lo importante es que existen, como ven, vías por las que podemos nutrirnos, y debemos aprovecharlo para enriquecer nuestra naturaleza, y contar así con las herramientas que necesitamos para nuestro trabajo.

"Un actor tiene que tratar con toda esta clase de tipos de material emotivo. Trabajar con ellos y ajustarlos a las necesidades del personaje que encarna".

Ésta es otra sentencia contundente de Stanislavski.

Todos sabemos que el mundo comercial es muy fuerte, y que tanto producciones como actores venden sus figuras más agraciadas por la naturaleza, que por las condiciones propiamente artísticas, y se usan hasta la saciedad los símbolos sexuales. Y que estas condiciones son aprovechadas por muchas figuras, naturalmente bien dotadas, que encajan dentro de un difundido ideal de belleza, llegando a ser popular y económicamente exitosas, sólo que nadie lo dice en público, para evitar susceptibilidades. Pero también todos sabemos que los verdaderos actores, que han llegado a tener un pleno dominio de su naturaleza, aún cuando no son muy agraciados o hermosos por dicho ideal de belleza, han resultado imposibles de olvidar, hasta al propio mundo comercial. Pero esto no es nuevo, esto lo sabía el maestro, y es una de las razones por la que insiste en su técnica, porque sabe que el arte es mucho más que enseñar figuras bonitas, y quiere que el arte vaya al corazón del mejoramiento humano. Sabe que el arte no puede quedarse en un cuerpo ideal y ojos llamativos. Sabe que el arte está en la naturaleza humana y lo busca con obsesión de artista, y quiere que el arte diga, que proponga. Por ello tengo que dejar estas palabras insustituibles, porque es difícil encontrar una forma de decirlo mejor que él, y no quiero hacer el esfuerzo, por lo tanto, que lo diga el maestro:

"Nuestro ideal debe ser esforzarnos siempre por alcanzar lo que en el arte es eterno, aquello que perdura y nunca muere, lo que permanece siempre joven y más cerca del corazón humano".

* * *

Todas las especies venimos al mundo con ciertas condiciones naturales, algo que la propia naturaleza puso en nosotros, para garantizar nuestra existencia. Son mecanismos que actúan como resortes para protegernos de los peligros en que tenemos que vivir y a la vez reproducirnos. A estos procesos les hemos llamado instintos naturales. Estos instintos son comunes a todo el reino animal y funcionan del mismo modo.

El instinto de conservación de las especies es el que nos lleva a conseguir alimentos, reaccionar ante los peligros, vivir en grupos y procrear. Estos procesos son fijos y se desarrollan siempre igual. Estas condiciones son las que garantizan que las especies no desaparezcan y continúen creciendo en población. La conducta instintiva es innata, o sea, no necesita pasar por un proceso de aprendizaje.

En el caso de la especie humana, contamos con un componente importante, la conciencia, que nos permite ir mucho más allá de la conducta instintiva. Nos permite incluso, regular y adaptar el resultado de los procesos instintivos para vivir en sociedad. La conciencia nos permite ser conscientes, y valga la redundancia, de que tenemos conciencia. Nos permite usar la propia naturaleza para servirnos y protegernos de ella, nos permite, conscientemente, dominar y proteger a las demás especies.

Estos procesos en el mismo reino animal tienen distintos niveles de complejidad. En el caso de los herbívoros, las reacciones a la sensación de hambre son bastante simples, pero en el caso de los depredadores, es mucho más compleja y existen especies que para lograr comer, tienen que atrapar animales muy escurridizos. La naturaleza los ha dotado de sofisticados mecanismos de protección y ataque, como el oído muy sensible, el olfato finísimo y velocidades increíbles. Esto permite al depredador, comer en una tarea difícil, y por ello han tenido que desarrollar verdaderas estrategias de cacería en grupo, donde cada uno tiene su función y la cumple. Podemos poner como ejemplo a las manadas de lobos, aunque no los únicos.

Nosotros también tenemos una fase instintiva, completamente animal. En nuestra niñez temprana, cuando la consciencia es incipiente, toda nuestra conducta es instintiva. En esta etapa, las demás especies pueden subsistir con menos tiempo de cuidados maternos que nosotros. Nuestro aprendizaje y adaptación es mucho más complejo, tedioso y, potencialmente peligroso para la vida social. Cuando tenemos deseos de hacer las evacuaciones fundamentales del cuerpo, sencillamente la hacemos a cualquier hora, lugar o condiciones como en el resto del reino animal esto es instintivo, pero a medida que nuestra conciencia social se fortalece, con la adquisición de conocimientos y valores, vamos regulando esta conducta animal. Ya sabemos que tenemos que esperar llegar al baño, o sea, vamos aprendiendo a regular y adecuar las necesidades producidas por nuestros instintos, llegando incluso al peligroso acto de reprimirlos.

En las especies que carecen de conciencia, el instinto de conservación tiene una función vital de:

Nutrición.
Guarida.
Lucha y escape.
Sexual. Placer.

En la conducta animal, la nutrición tiene como finalidad, complacer la necesidad. En la especie humana no se queda ahí, porque se conocen los significados de la nutrición y sus beneficios, se selecciona, se crean y elaboran los alimentos en función de beneficio y placer. En la especie humana la alimentación es un acto racional.

Las guaridas son construcciones generalmente naturales, donde los animales se protegen para escapar de las inclemencias del tiempo y ataques de depredadores, aunque algunas especies construyen rudimentarios refugios, y algunos, menos rudimentarios que otros. Muchas especies migran en señal de protección, en busca de mejores climas y posibilidad de alimentación y reproducción.

El humano crea grandes estructuras para la protección de la familia, se manifiesta solidario, vive en sociedad, busca y crea las comodidades, en función de la belleza, desarrolla y protege la cultura, etc…

Toda la especie animal, no racional, ataca por necesidad de protección, y los que se alimentan de otras especies, para alimentarse, y los atacados para protegerse si no tienen posibilidad de escape. En esta conducta no hay nada que indique necesidad de destrucción o placer.

En el ser humano no es muy frecuente el ataque por necesidad de destrucción o placer, pero existe. Aunque es mucho más fuerte la necesidad de protección de la especie que en el resto del reino animal.

El único que parece disfrutar el sexo en función del placer, con conocimientos de causa y consecuencias, es el humano. En el resto de las especies parece que el único objetivo es el placer sin ideas de consecuencias y parece además ser la única actividad que sólo busca complacer el placer. En el humano, además del placer del sexo, se aprecia su función en la conservación de la especie, pero el placer lo busca en toda la carrera por cubrir sus necesidades, en todo lo que realiza.

En el caso humano hay un componente vital para el trabajo del actor que es el componente emocional. Y digo para el actor, por ser lo que nos ocupa, pero esto es vital para toda la especie. El actor tiene que saber que las emociones anteceden al pensamiento, y siempre habrá un gesto o expresión antes de la elaboración de la palabra o frase. Las palabras o frases no son más que otro vehículo a través del cual se expresa el sentimiento, como también los son los movimientos en el escenario y todo tiene que suceder, irremediablemente, de la manera natural. De lo contrario, no será creíble.

El actor está obligado a desarrollar su inteligencia emocional, y esto consiste en conocerse a sí mismo emocionalmente, para poder conocer a los demás. Pero no puede olvidar, tampoco, que el arte es un oficio y los oficios los hacen la práctica y la experiencia, y por lo tanto, tiene que guardar en la memorias todas sus emociones vividas, escuchadas o leídas, y practicarlas constantemente, para conocer los elemento que le sirven de estímulo a cada una de sus emociones. Del mismo modo que el pintor consume toneladas de papel para dominar sus trazos, pigmentos y atmósferas, o el deportista derrocha energía diaria para dominar su técnica, el actor tiene que convertir en práctica constante el trabajo con sus emociones y tenerlas bien aceitaditas para cuando las necesite.

No se trata de decir a esta frase le pondré tal o más cual emoción, se trata de conocerlas, para que cuando usted se inserte en las circunstancias dadas, afloren, y sepa qué hacer con ellas, como en la vida real. Aquí no se pide que el actor domine sus emociones y mucho menos los procesos instintivos, esto es imposible. Lo que sí está demostrado es que se aprende a regular las emociones, y por lo tanto estamos exigiendo que el actor aprenda a llevar su naturaleza a escena.

La inteligencia emocional es la que nos permite auto motivarnos para enfrentar cualquier tarea y fortalecer la necesidad de mantenernos a pesar de los primeros fracasos en el cumplimiento de la misma, y nos permite conducirnos adecuadamente, ser sociables, confiar en los demás, proyectarnos hacia objetivos específicos.

La falta de inteligencia emocional, que es lo mismo que no tener control de sus emociones o no ser capaz de regularlas y conducirlas a puertos seguros, es la causa principal del fracaso de individuos con las mismas capacidades que otros. Un individuo que ha aprendido a regular sus emociones, es un individuo con inteligencia emocional.

Cuando estamos en nuestras edades tempranas, cuando aún no hemos asimilado el lenguaje, nuestro sistema de grabación de huellas de la inconsciencia, aloja en nuestras amígdalas todas las emociones de esa etapa, cuando aún no contábamos con el lenguaje que nos ayudara a comprender lo que estaba sucediendo. Esa base emocional que fue asimilada sin comprensión alguna, influirá determinantemente en nuestra conducta. Todos nuestros miedos irracionales, nuestras explosiones de ira, nuestra falta de capacidad para socializar, nuestras desconfianzas e inseguridades, son el resultado de falta de desarrollo de nuestra inteligencia emocional. Cuando ésta es débil, nuestras respuestas a los estímulos, siempre serán desproporcionadas.

Cuando a las amígdalas llega una señal de peligro, ellas activan el botón de pánico, pero ellas no saben si nos vamos a enfrentar a un león o a una cucaracha, a ellas sólo les llega la sensación de peligro y por asociación activan los mecanismos de defensa, para protegernos. La encargada de regular la respuesta apropiada es la inteligencia emocional. La inteligencia emocional decidirá si huimos, si nos enfrentamos, o si sencillamente no hacemos nada y la consideramos una falsa alarma. Esta situación en un individuo con débil desarrollo de su conciencia emocional, sufrirá un desborde emocional que anulara la conciencia y la respuesta será desproporcionada.

La inteligencia emocional no aboga por un control excesivo sobre las emociones o represión de las mismas, porque las emociones son necesarias. No existen emociones buenas o malas, solo existen emociones. Las buenas o malas son las respuestas. La inteligencia emocional aboga porque se tome conciencia de nuestras emociones y se aprenda a conducirlas a buen puerto. Que aprendamos a comprender las emociones de los demás, a tolerar pasiones y frustraciones; que aprendamos a emprender tareas en equipo, que desarrollemos la empatía y la capacidad de socializar, en busca de nuestro propio desarrollo personal, y en fin, que aprendamos a ser entes integrados a nuestra sociedad.

Todo esto que es tan importante para todo ser humano, para el actor es imprescible, no es una opción, sino que es una herramienta insustituible para el éxito de su trabajo. El oficio del actor es jugar con las emociones, y si no las conoce en sí mismo, si no sabe regularlas, si no aprende a utilizarlas, si no es capaz de comprenderlas en los demás, entonces no tendrá éxito en su trabajo.

COMUNIÓN

La palabra comunión es en esencia una palabra mayormente de uso religioso, y tiene que ver con la primera vez que un ser humano recibe a Cristo en su ser y hace votos de entrega total. Esto es lo que Stanislavski le pide a sus actores. Exige entrega total, con amor y dedicación religiosa, y que disfrute con toda pasión. Él sabe que en el arte el camino al éxito pasa por el amor y la entrega persistente. Cuando una persona carece de estas condiciones, y desea dedicar su vida a esta disciplina, debe, como primer paso, por lo menos, cultivarla, porque sin estas herramientas no irá muy lejos.

Seguidamente, comienza a ilustrar cómo se debe usar la comunión. Pero debemos antes aclarar que siempre estamos en comunión, en el sentido que él le da a la palabra. La conciencia y la subconsciencia trabajan en comunión constante, aunque en ocasiones la subconsciencia trabaja y no nos percatamos de eso, pero en ese mismo instante estamos recibiendo mensajes emocionales, y reaccionamos a ellos, e incluso los exteriorizamos, aunque no nos demos cuenta. Pero si alguien nos observa, si percibe todo lo que estamos expresando, se está produciendo lo que él llama comunión. Cuando en la escena se carece de comunión, la presencia del actor será fría, hueca, sin sentido, y pierde toda su razón de ser. El maestro pide que la comunión sea la creadora del aura que envuelve las tablas y el lunetario, el manto que gravita emocionalmente entre el actor y el público, y que actúe como una suerte de contagio, sin resistencia, hacia la identificación de personaje y público. Quiere que la comunión sea el hilo de acero que una a ambas partes como un todo, que no encuentre forma de zafarse hasta el objetivo final, sin baches, sin accidentes; que las emociones y sentimientos del personaje, lleguen al público con fuerza imparable, y que la respuesta emocional del público empuje al personaje a su destino. Para lograr esto, el actor tiene que crear un sólido enlace de su comunión con el personaje, con los demás personajes, y con su objetivo dentro de las circunstancias. Tiene que apretar todo esto en un puño, sin aflojar ni un instante, hasta el final, enfrentando y cumpliendo cada objetivo.

Cumplir el proceso de comunicación en la escena resulta tan importante como respirar. Cuando esto falla, el personaje pierde el sentido vital de la respiración y muere. El proceso de comunicación nunca lo van a encontrar en el texto. El texto le sirve de base, le da sentido, pero dicho proceso está en la naturaleza del actor, en la vida del personaje en cuerpo y alma, en acciones y reacciones, en el ritmo cardiaco, en sus dolores y goces. Está en el actor, nunca dejen de ir por ese sendero a buscarla. No existe otro camino.

La comunicación puede ser consigo mismo. Esto sucede cuando estamos elaborando mentalmente y reaccionamos ante situaciones imaginarias.

Puede ser cuando reaccionamos ante acciones y gestos de los demás personajes o situaciones en la escena. Y se da, además, cuando logramos que nuestras emociones lleguen al público, provocando reacciones en éste.

Cuando el actor enfrenta un personaje y asume la posición convencida de que en todo momento sus esfuerzos deben dirigirse a convencer a los demás actores, de la verdad de lo que dice y hace, en las circunstancias que les tocan, es sólo entonces que va por buen camino. Pero si el no logra estár convencido, nunca convencerá a nadie. Porque sólo se está en condiciones de lograr el proceso de comunicación cuando se está convencido de algo. La única forma de hacer partícipes a los demás de un hecho, o una idea, es estar convencido de ello. Sólo pondrá todo el empeño, cuando se está convencido de algo.

Observen una pareja que se atrae mutuamente, pero aún no tiene relaciones. Cada uno busca el mundo interior del otro. Todo lo que hacen y no hacen es buscando una reacción favorable en el otro. Los dos quieren más y rápido, pero ninguno se atreve a dar un paso brusco que ponga en peligro el equilibrio del proceso, y lo van disfrutando de esa manera, paso a paso, entre pequeñas acciones y reacciones, y en silencio, interiormente, se culpan uno al otro, preguntándose: ¿Por qué no acaba de decidirse?...

A menudo los dos se hacen la misma pregunta, pero ninguno se atreve. Aquí, durante este proceso, se está produciendo una comunicación intensa, y del mismo modo que la pareja sabe que ya, prácticamente, existe el acuerdo, que no queda mucho por decir y casi se comportan como pareja, y los que observan desde afuera también lo saben.

Este intercambio sentimental, intenso, puede ser más hermoso que el noviazgo en sí, porque no hay fibras internas que no sacuda en positivo. Es lo que el maestro llama comunión perfecta. Y digo yo también perfecta, porque todo es positivo. Pero el proceso de comunicación no tiene nada que ver con lo positivo o negativo de la respuesta, solo exige respuesta para que se logre.

No existe sólo la comunicación entre humanos, existe también entre animales y entre humanos y animales. Cuando alguien sale a jugar con su perro, y lanza algo que el perro sale a buscar, regresando con ese algo, está utilizando una acción que logra una reacción en el animal. Por lo tanto se está produciendo el proceso de comunicación. Todos conocemos cuando una perra entra en etapa de celos, que todos los perros del área se enteran, por medio de un olor que ella despide. Eso es una forma de comunicación, puesto que ella se encarga de enviar una señal y producir una reacción en ellos.

Esto no es tan importante para lo que nos ocupa, pero ayuda a comprender el proceso de comunicación, tan importante para el actor.

El actor debe aprender a comunicarse con todo, incluso con objetos inanimados, porque puede que en algún momento la escena se lo exija. Tiene que prepararse para lograr en escena todo lo humanamente posible, aunque en la vida real pueda parecer absurdo.

Cuando dos o más personas entran en contacto directo, la comunicación quedará atrapada por el tema que resulte más interesante de entre lo que se produzca entre ellos. Del mismo modo, el actor debe infundir a su personaje todos los elementos que despierten el interés del público. Todos los personajes que se lleven a escena deben de alguna manera ser interesantes. Si el desarrollo de un personaje carece de interés, debe ser eliminado de la obra, o crearle un marco interesante.

Es importante tener claro que las respuestas, para que se produzca la comunicación, no tienen que ser directas, ni necesariamente verbales. Cuando una empresa lanza un producto, y dicho producto es bien recibido, comenzando a producirse, ha funcionado el proceso de comunicación.

Cuando estamos hablando y uno de los dos permanece callado, pero atiende atentamente, y en sus ojos y rostro se hacen notables pequeñas reacciones, está funcionando el proceso de comunicación.

El maestro está en contra de todo tipo de facilismos, como aclara. El actor nunca debe intentar la comunicación directa con el público, porque para el teatro que él quería hacer, esto lo tomaba como cierta forma de exhibicionismo, y entiende que es un modo del actor tratar de promoverse a si mismo como persona, y no al personaje.

En este caso terminan dándole todo el valor a los movimientos externos y relegando a un segundo plano el trabajo interno, y lo que era importante -la comunicación interna-, que quería naciera de la relación entre personajes, ajustados a sus circunstancias, no nace. Por lo tanto, insistía en que buscaran, y potenciaran, lo que viene de adentro hacia afuera. Lo demás es facilismo, ya que en las tablas es más difícil encontrar los sentimientos que exhibirse, y muchos actores prefieren el menor esfuerzo.

Insistía el maestro en que el proceso de comunicación debía nacer de la relación con sus compañeros, consigo mismo, y con objetos imaginarios, pero nunca directamente con el público. No pueden perder de vista que todo lo que estamos hablando aquí es de la forma de hacer teatro de Stanislavski, y a lo que se está refiriendo, esencialmente, es a su estética.

El maestro insistía en que cada actor pusiera especial atención a la calidad de su producción interna, ya que todo artista tiene dentro de sí el arte, pero también lo cursi, lo banal, el cliché, y por tanto debía ser muy cuidadoso con estos elementos. porque si no sabe elegir con claridad y calidad y decide por material interno de poco valor, su comunicación será afectada con el mismo resultado, teniendo en cuenta que las emociones, la calidad e intensión de la voz, el valor de la palabra, así como el uso de gestos y movimientos, las expresiones faciales, el ritmo cardiaco, y la respiración, o sea, toda su naturaleza, estará en función de las emociones y sentimientos. Esta es la única forma de encontrar balance natural, y esto era lo que él maestro quería ver en las tablas. Que cuando apareciera el proceso de comunicación, en el esfuerzo de los actores en la escena, apareciera con él esa corriente atmosférica en ambas direcciones, que termina en un aura envolvente, y que sólo la naturaleza es capaz de lograr. Esa es la razón de peso por la que no se podía renunciar a ella. Porque además, es la única forma que encontró para lograr lo que el llamo irradiación, es decir, la comunicación emocional intensa viajando en ambas direcciones, creando su correspondiente atmosfera. Comparándolo con el caudal o torrente de un rio subterráneo.

Todo lo que se alberga en nuestra subconsciencia, de alguna manera, es conocimiento. El mundo que nos rodea lo aprendemos, asimilado por los sentidos, y desde ellos nos rebota a la conciencia en forma de emociones y sentimientos que no siempre comprendemos. Este dominio graba imágenes y sensaciones constantemente, con la conciencia o sin ella, y ese mundo fuera de nuestro alcance va a determinar nuestra conducta, nuestra forma de relacionarnos, y es aquí donde se van a producir todos nuestros estados de ánimo.

Cuando decimos una palabra, la intención, el énfasis, el brillo, estarán dados por los sentimientos y emociones albergados aquí, y es por esto que en ocasiones cometemos errores de los que tenemos que arrepentirnos. Decimos algo a otra persona que no debimos decirle, pues nuestra intención consciente no era molestarlo o dañarlo, pero lo hacemos. Y podemos poner infinidad de ejemplos, donde hemos dado una imagen contraria a lo que hubiésemos querido dar conscientemente.

No obstante, la naturaleza nos dotó también con la conciencia, con la que podemos regular nuestros estados de ánimo, conducirlos, y convertir toda esa información en conocimiento consciente de todo lo conocible. Mientras más nos instruyamos y asimilemos conocimientos a la luz de las ciencias, más comprensibles se nos harán nuestros estados de ánimo y mejor seremos, más capaces seremos de conducirnos, teniendo como arma el pensamiento consciente.

La subconsciencia nos da el conocimiento para empujar nuestra conducta, en forma de emociones y sentimientos abstractos, y la instrucción académica, la lectura y demás formas de asimilación consciente del conocimiento, van haciendo nuestro pensamiento cada vez más abstracto, por lo tanto compatible con el todo, y así, vamos comprendiendo mucho mejor las razones de nuestra conducta. Vamos siendo más selectivos con la expresión del pensamiento y la forma de conducirnos, porque a medida que nuestro pensamiento se reelabora, comprendiendo más y más los mensajes abstractos de nuestra subconsciencia, nuestras reflexiones los pueden hacer más positivos, más comprensibles, y poco a poco reemplazar todo pensamiento negativo, creando un giro en la calidad de nuestra conducta y nuestra salud física y mental. El ser humano es una unidad biosíquica.

Esto funciona como el idioma. Cuando no lo comprendemos, las palabras sólo nos rebotan como sonidos extraños, y en ocasiones feos, porque no estamos acostumbrados a ellos, pero si nos dedicamos a aprenderlo, a asimilarlo, a medida que nos va siendo comprensible, va dejando de sonarnos extraños y feos, porque ha comenzado a tener un significado que nos penetra, y que influye en nuestras emociones y sentimientos, y cuando lleguemos a dominarlo como el nativo instruido, lo vamos a comprender mucho mejor.

El estudio de la función del pensamiento reviste capital importancia para el trabajo del actor. A medida que se comprenda esto, se comprenderá el significado de las conductas de sus personajes, y se comprenderá mucho mejor la importancia que encierra la relación con sus compañeros actores, y la conducta del público. No hay que escatimar esfuerzo alguno, pues todo lo que se haga en este sentido, siempre será poco, puesto que aún hay muchas cosas que no comprendemos de nosotros mismos, pero mientras más esfuerzo consciente hagamos en esa dirección, más cerca estaremos de la comprensión de estos fenómenos tan importante para nuestro trabajo.

Y no se equivoquen: es extremadamente difícil hacer arte. No todo el que vive de la actuación logra hacer arte. No todo el que vive de la pintura llega a hacer arte, ni todo el que vive de la música llega a hacer arte. En fin, no todo el que vive realizando un trabajo en las distintas manifestaciones artísticas, llega a ser un artista. Y a menudo no por falta de condiciones o talento, sino por falta de constancia y capacidad de sacrificio, de esfuerzo y disciplina. Toda gran empresa en la vida requiere de un cambio radical en la forma de enfrentar la vida y una dedicación incondicional, sin reparo, un amor eterno y fuerte, constante, para escalar la escabrosa montaña y llegar a la cima. Porque lo que sí está demostrado es que todos con aptitudes y actitudes pueden llegar, solo que necesitan constancia y capacidad de sacrificio.

Para los que quieran llegar, ahí está el camino. Pongan su corazón en él y nunca se acomoden al primer aplauso. Y comiencen a repetir lo que les provocó la satisfacción del primer cheque de pago laboral como primera recompensa. Estos nunca serán objetivos serios, aunque sea necesarios, más siempre pongan como objetivo inamovible a alcanzar, el arte.

* * *

La comunicación comienza siendo una necesidad de la especie humana por su condición de ser social, comenzando por el gesto y señales hasta llegar a la articulación del lenguaje, siempre movida por un componente emocional. El componente emocional es el que nos lleva a todo acto, todas nuestras tareas estarán condicionadas por dichos componentes, desde el comienzo de nuestra existencia como especie.

Las emociones van fraguando nuestros sentimientos a nuestro paso por la vida y creando la arquitectura de la conducta.

Las emociones son reacciones químicas y físicas intensas que se producen ante hechos y situaciones, lejos de nuestra conciencia, pero que terminan afectándola, para bien o para mal, y eso dependerá del desarrollo de la inteligencia emocional de cada cual. Las emociones son inevitables, por estar fuera de nuestro alcance, y se alojan en el sistema de grabación de huellas de la inconsciencia para afectar nuestra conducta. Las razones de las emociones pueden ser muchas, pero las reacciones químicas siempre son las mismas. La inteligencia emocional es la responsable de la calidad con que será asumida la emoción, y a menudo las emociones que no son comprendidas y por ende no se conducen a buen puerto, terminan afectándonos para mal. El actor, más que nadie, está obligado a comprenderlas y conducirlas, y este es un reto que tiene que salvar.

El gesto y el lenguaje son la forma que encontró la conciencia de traducir las emociones. Por eso, lo importante para el actor no son los gestos y las palabras, sino lo que hay detrás de ellos, lo que los motiva, de dónde vienen y hacia dónde van, qué sentimientos esconden o tratan de comunicarnos, porque ellos no son más que el mensajero, y hay que encontrar el mensaje. Aunque usted se sepa el texto, nunca puede quedarse en él. Ya he dicho antes que el texto tiene el valor de la intención del dramaturgo. Y el actor tiene a su vez, que reaccionar a cada mensaje, por ello tiene que encontrarlo en las emociones del otro, en equilibrio de diálogo.

Las emociones son intensas, pero de corta duración, aunque siempre después de la emoción queda el sentimiento. Los sentimientos son más duraderos que las emociones, pueden, inclusive, durar para siempre.

Los procesos emocionales son siempre iguales, y para cada ente de la especie los sentimientos no son casuísticos, dependerán de muchas cosas, y eso tiene que ver con el prisma a través del cual cada uno asimila un hecho, incluyendo parámetros como cultura, personalidad, temperamento, etc... Los sentimientos pueden ser negativos y positivos. Por ejemplo:

Me siento mal, me siento colérico, tengo miedo, estoy agresivo, etc.... son sentimientos negativos, por el contrario: me siento bien, alegre, equilibrado etc... son sentimientos positivos.

Nuestras reacciones emocionales, pueden estar vinculadas a situaciones internas, y/o externas, los componentes que las motivan suelen estar vinculados a una de estas, o a ambas. Y se reflejarán, irremediablemente, en nuestra conducta, en cada gesto, en cada palabra, en nuestras expresiones faciales: en todo eso estará cargado este mensaje.

En la comunicación están presentes, sin opción, un emisor o fuente, o sea, el que desea comunicar, y un mensaje que será, siempre, lo que se desea comunicar, así como un receptor o destino del mensaje.

Pero para que la comunicación se logre, tiene que haber un acuerdo emocional entre la fuente o emisor y el receptor, porque siempre tiene que haber una respuesta, si no hay respuesta no se ha completado el mensaje. Este será siempre el camino de los actores en escena, y la única vía para llegar al público. El público va siempre en busca del mensaje emocional, que es el único lenguaje que entiende y el actor, si quiere serlo, tiene que aprender este idioma.

Pero, ojo: Stanislavski usa para los actores la palabra comunión, porque él no quiere quedarse en la comunicación humana, él quiere ir más allá. La palabra comunión puede entenderse, como "congregación de los que profesan la misma fe y están sujetos a la misma disciplina". También como "unión o acuerdo en las ideas, opiniones o los sentimientos". Este enlace que él crea con la palabra "comunión", está dado porque necesita que los actores en escena, apoyados en el gesto y la palabra, creen un espectáculo emocional que al ser recibido por el público, lo haga responder, creándose así una atmosfera de retroalimentación en ambas direcciones, haciendo crecer el espectáculo hasta lo infinito.

El maestro pide esta comunión porque sabe que si los actores no se ayudan en escena, si no trabajan el uno para el otro, si no ponen a tope su conciencia en este empeño para buscar la atmosfera emocional, no habrá un resultado que logre envolver al público y esto hará que la puesta en escena sea un fracaso.

Cuando un actor flaquea, no ayuda al otro a llegar. Cuando dos actores llegan juntos, se produce una retroalimentación que va en ayuda de ambos y nunca podrán escapar de ella, hasta el final, envolviendo al público en su atmósfera mágica.

Stanislavski nos habla de lo que se llama en el teatro "pie", que no es más que los finales, o la última frase de cada texto del otro actor, que marca el punto donde el primero termina para comenzar el otro. No conocer y entender esto es un error que se arrastra desde los comienzos del teatro.

Sólo póngale atención a una animada conversación entre dos o más personas y se darán cuentas que se sabe dónde comienza. Comienzan hablando de historia medieval y una hora después, nadie sabe cómo están en una pelea de gallos del día anterior. Lo que sí está claro en este ejemplo, es que en estas tertulias ocasionales y muy comunes, se demuestra que no reaccionamos a textos largos. Reaccionamos a frases cortas, a palabras, y éstas pueden encontrarse en cualquier parte del texto del ponente, al principio, al centro, o al final. Es por ello que los actores tienen que buscar en el texto del otro las frases o palabras que motivan el suyo y nunca esperar el pie. No deben olvidar nunca, que la actuación no es un problema de palabra o texto, es un asunto de sentimientos.

Estas palabras o frases que nos motivan y nos llevan, inconscientemente, a cambiar el curso de las conversaciones, siempre estarán en un texto bien escrito, y si el texto no es bueno, los actores tienen que crear las intenciones emocionales que los motiven, pero siempre a toda consciencia.

En el escenario nunca vamos a decir o hacer nada que no tenga una razón de ser o estar, y el presupuesto para esta razón de ser o estar, siempre estará dentro del actor. Nunca suba a las tablas sin una razón sólida, consciente, una razón de ser o estar, que se unifique en relación directa con las circunstancias dadas. Esta razón o razones que usted esgrimirá conscientemente, serán las bases de su trabajo en escena.

En la vida diaria, hacemos muchas cosas que no son muy importantes para nosotros, y eso está bien, la vida es así, pero en escena todo tiene que ser conscientemente importante.

En la vida real, cuando estamos conversando, en ocasiones no estamos escuchando al interlocutor, bien porque no estamos interesados en el tema, o porque estamos pensando en algo que nos aleja del lugar en que estamos debido a preocupaciones o porque no nos agrada. Este tipo de dispersión no es admisible en la escena. En la escena hay que desarrollar la voluntad consciente, para estar siempre concentrado en lo que hacemos".

ADAPTACIÓN

La capacidad de adaptación es innata en todas las especies vivientes. Es un código genético que nos protege para conservarlas, para conservarnos. Esto tiene que ver fundamentalmente con nuestra adecuación a la vida natural y los cambios lentos y bruscos de la propia naturaleza. Esa capacidad natural es la que nos permite soportar, como especie, todas las inclemencias producidas por los cambios de nuestro universo. Nuestra supervivencia está encerrada en un mundo de reglas infranqueables, producidas por la naturaleza, contra las cuales, ella misma se encarga de crearnos defensas.

Stanislavski usa la palabra para referirse a otro código también natural, y es la de nuestra capacidad innata de ser seres sociales, porque desde luego, se está refiriendo al arte, y este, por encima de todas las cosas, tiene un objetivo social, en el sentido más amplio de la palabra.

Todos tenemos las condiciones necesarias para la adaptación social, pero generalmente por razones precisamente sociales, unos las desarrollan y otros las tuercen. Debemos aclarar que esto no siempre se debe a razones sociales. En muchas ocasiones podemos culpar a las imperfecciones naturales, pero esto no es lo general. Lo general es que todos tengamos las condiciones normales que nos entrega la naturaleza. La capacidad de adaptación se puede desarrollar consciente o inconscientemente, así mismo, la necesidad de ajustarnos a circunstancias previstas e imprevistas. Por ejemplo: cuando nos levantamos en la mañana, comenzamos a realizar un cumulo de acciones, en ocasiones casi mecánicas, pues son acciones que repetimos casi siempre igual. Así, vamos al baño y nos duchamos, nos cepillamos los dientes, y una vez terminada esta primera etapa, vamos a la cocina a tomar café o a desayunar, según la costumbre de cada cual. Después de esto, nos alistamos para salir a trabajar y finalmente partimos.

Al llegar al trabajo nos encontramos con algunas situaciones. La secretaria del manager principal, que es una persona muy agradable y comunicativa, hoy está muy callada, porque tiene preocupaciones con la hija y el novio. Les ha dicho que quiere mudarse con él y a ella no le gusta la idea, puesto que el muchacho tiene tendencia a la violencia y es celoso enfermizo. Mi compañero que trabaja más cercano a mi puesto, con quien converso constantemente, por alguna razón, ha venido de mal humor.

Desde que me levanté han ocurrido en mí una serie de cambios sutiles, con frecuencia sin darme cuenta. El que se levantó tenía un biorritmo, un comportamiento, pero esto ha ido cambiando. El que salió del baño, ya no era el mismo que el que se levantó. El que comenzó a moverse en la cocina, no era el mismo que el del baño, y el que comenzó a trabajar, no tenía nada que ver con el que se levantó. Esto se debe a los ajustes que hacemos constantemente para adaptarnos a las nuevas situaciones que debemos enfrentar. Pero si alguien observa, le parecerá completamente lógico la forma de conducirse en cada caso, puesto que cada caso tiene sus características, sus exigencias, y se van ajustando a cada momento. El que se levantó no parecía que estaba trabajando y el que trabajaba, no parecía que se estaba levantando. O sea, cada paso, cada fase del biorritmo, cada forma de conducirse, estaba ajustada a su momento y sus razones. Esto, que en su gran mayoría a los seres humanos nos sucede sin darnos cuenta, inconscientemente, el actor estará obligado a hacerlo consciente, estudiarlo con detenimiento, porque es lo que en algún momento de su vida profesional tendrá que llevar a las tablas, ajustándolo de forma tal que al público debe parecerle que es parte inseparable de su entorno, como si hubiera sido sembrado allí para siempre, que nunca parece un elemento extraño al lugar.

Aprender a realizar el ajuste del personaje, es muy importante. Todos hemos visto actores desajustados en escena, y sabemos el resultado. Sencillamente, cuando un actor se desajusta, el público no encuentra como creer en él, perdiéndose así el sentido de la verdad escénica. Y sin verdad escénica, la obra pierde su razón de ser.

Si el actor se desajusta, convirtiéndose en un elemento extraño a su entorno, no le será posible entregar al público una trayectoria lógica y creíble. Ahora pueden ver ustedes con claridad la necesidad de dominar este recurso técnico, para conseguir el ajuste lógico en cada circunstancia que tengan que vivir en la escena, logrando resultados apetecibles.

El ajuste debe aparecer con las emociones, pero el actor no puede dejar todo a procedimientos espontáneos, tiene que ensayarlo, recordarlo, tenerlo en sus pensamientos, para regularlos según van apareciendo las emociones, trayendo el aura que envolverá el ajuste. Y sólo entonces éste será lógico, convincente, sirviéndole de asidero al público, para vivir con el actor cada uno de los momentos de la puesta, porque creerá en su verdad.

Si el actor con su trabajo logra convencer al público, entregándole una verdad creíble, entonces el público lo seguirá, como un niño disciplinado y bueno.

Lo que el maestro llama "el ajuste", aparecerá sólo cuando aparece el balance natural de la conciencia y la subconsciencia. Siempre que el actor sea capaz de creer en las circunstancias dadas y fije su objetivo, comenzará a aparecer la verdad escénica, y tanto en la vida como en la escena la adaptación a una situación específica, dependerá de su posición. De si usted como actor toma o no partido. Si usted se queda indolente ante cualquier situación y no toma partido desde el punto de vista emocional, siempre dará la impresión de que usted no tiene nada que ver con lo que sucede, y entonces no funcionará el ajuste, puesto que el ajuste como todo en la vida y en el teatro, depende de respuestas emocionales. Y usted nunca deberá permanecer ajeno, a no ser que su personaje lo requiera, y si su personaje lo requiere, entonces funcionará el ajuste, puesto que la razón de su actitud siempre estará en la escena, siempre estará ajustada a circunstancias sobre las tablas, y por tanto, todo se producirá naturalmente.

Para usted el estar ajustado, y que esa sensación la perciba el público, es un hecho que tiene que estar envuelto en las circunstancias. Sólo entonces se verá que usted es parte inseparable de lo que sucede, que su corazón late y adecuado junto a su biorritmo en la situación. Las actitudes de los personajes siempre estarán diseñadas para producir una reacción o respuesta en los demás, y es tarea del actor que esto suceda con la intensidad requerida, y que todo suceda naturalmente, pues esa es la única forma de lograr la comunicación total con el público.

Si el actor no domina el lenguaje que le permitirá comunicarse, entonces no hace nada en la escena. Sería como tratar de comunicarse con un público sin conocer el único lenguaje que éste domina, y no sería necesario decir que el intento de comunicarse, de hablarle, de hacerle llegar una idea compleja, no sería posible.

El maestro insiste en la adaptación, puesto que ésta, cuando se logra, hace aparecer todos los ingredientes de la comunicación natural. Aparecerá la verdad teatral, estarán presentes las emociones y sentimientos, estarán presentes todos los componentes del alma humana, y eso es lo que busca el maestro para su teatro, dándole al actor, con su método, el punto de partida para cualquier forma de hacer teatro.

En el arte lo más importante no es la forma de hacer. Usted puede buscar y encontrar una forma particular de comunicarse con su público. Incluso, puede que tenga efectividad, pero eso no es lo más importante. Lo más importante es que sea arte. Que cumpla con las exigencias estéticas del arte, que tenga valor eterno.

En el caso que nos ocupa, para que todo fluya con la naturalidad requerida, sólo tenemos que apoyarnos en nuestra naturaleza misma, no hay que buscar nada fuera de ahí. Tenemos únicamente que lograr que nuestros mecanismos naturales funcionen libremente, como en la vida real, y el actor tiene que aprender a adaptar su naturaleza a una personalidad y circunstancias marcada por el dramaturgo, que no tiene nada que ver con él, sin que ésta deje de funcionar correctamente. Es la tarea más dura: lograr que, suceda lo que suceda, sus mecanismos naturales funcionen correctamente, de manera coherente y creíble.

En su trabajo como actor, usted se encontrará con frecuencia ante personajes cuyo comportamiento rechazaría en la vida real, y otros con conductas que usted comparte, y en estos casos, que pudiera incluir el personaje completo, hacia un lado o hacia el otro, así como también pudieran ser sólo escenas o partes de un personaje. Pero debe siempre recordar que usted no se representa a sí mismo, ya que su labor es representar y entregarle al público en forma creíble, personalidades y comportamientos que nada tienen que ver con usted, y esto el público lo entiende muy bien. Aunque también es cierto que existe un público que va en busca del actor más que del personaje, pero usted no debe olvidar nunca que la primera razón de su trabajo es el arte. Usted, actor, no es un instrumento de un público que anda en busca de símbolos sexuales o caras bonitas. Si desea hacer esto, hágalo, dedíquese a la porno si así lo desea, o a cosas ligeras, si eso lo hace feliz, que los demás respetaremos su decisión. Pero si usted quiere hacer arte, dedíquese al arte. Tiene que hacer un trabajo serio y aprender a disfrutar cualquier personaje, tenga el comportamiento que tenga, recordando siempre que ese no es usted, que usted, como profesional, irá siempre en busca de la verdad artística, y ésta sólo la encontrará cuando logre que su personaje sea un ser de carne y hueso, creíble, ajustándolo a usted y a la realidad que es propia de la escena.

Muchos de los elementos que el actor va a necesitar para lograr el ajuste los va a encontrar en el texto mismo del personaje. Yo diría que casi todos, porque, para lograr el ajuste, el primer material que debe estudiar está en las circunstancias dadas, y aquí encontrara el objetivo a cumplir, su situación ante los otros personajes, los rasgos psicológicos importantes, las actitudes ante la situación y el conflicto.

Después que usted hizo el estudio detallado de todo lo que le da el texto, comienza una búsqueda en su interior, dirigida a encontrar los elementos que usted crea que alimenten su trabajo, y que lo ayuden a encontrar la verdad teatral que usted busca. Y que está obligado a encontrar, y para eso pondrá en juego todo el material que estudió en su vida diaria, todas las emociones y sentimientos vividos y aprendidos, ajustados a las circunstancias que lo hacen aflorar. Encontrará cuáles son los elementos útiles a su circunstancias y objetivos escénicos en el momento que enfrenta, y sólo entonces habrá luz en su camino. Y comenzarán a vivir sus recuerdos en la vida del personaje. Cuando esto sucede, ha encontrado el ajuste, e irremediablemente, ajustará también con el público, y ambos vivirán la experiencia nueva de su personaje.

Finalmente, el maestro pone lo que debe lograr el personaje, lo cual yo comparto plenamente, y por ello quiero dejarlo como él lo dice:

1. Tiempo y ritmo internos.
2. Caracterización interna.
3. Control y fin.
4. Disciplina y normas internas.
5. Hechizo dramático.
6. Lógica y coherencia.

* * *

Cuando Stanislavski nos habla de ¨adaptación¨, quiere referirse a esa capacidad del ser humano de adecuarse a su medio y circunstancias, con sorprendente facilidad, y al decir facilidad me estoy refiriendo a las condiciones naturales que nos lo permiten, no que en determinado momento estemos exentos de esfuerzos y traumas.

Somos seres sociales por excelencia, pero esa capacidad de ser social, en la práctica, en sus relaciones, está sometida a un proceso de adaptación constante. Desde que nacemos comienza nuestra carrera por la adaptación, incluso natural. Muchos niños nacen con serios problemas de adaptación natural y tienen que luchar con alergias y enfermedades toda su vida, otros a pesar de la lucha se adaptan.

En nuestras vidas existen constantes situaciones a las que tenemos que adaptarnos, porque nos gustan, por necesidad, o porque no podemos evadirlas. Por ejemplo, si nos gusta aprender a montar a caballo y comenzamos a aprender. Pero al principio en nuestras primeras montas, nos faltarán habilidades, físicas y psicológicas, y como resultado, nuestra figura sobre el animal será un desastre. Incluso, nuestras poses motivarán carcajadas. Pero mediante una práctica continua esto se irá resolviendo y llegado el momento, nuestra figura sobre el animal se verá cómoda, gallarda, segura, porque nos hemos adaptado o ajustado, física y psicológicamente, al proceso, y ahora parecemos parte inseparable de nuestro corcel.

Si nos gustan las fiestas populares, disfrutarlas de buenas ganas y nos disponemos a formar parte de un carnaval. Toda nuestra psicología se pone en función de esto. Nos pondremos un sombrero, una camisa que no nos pondríamos en situaciones normales y en pocos momentos formaremos parte inseparable de lo que sucede. Entramos en ambiente o en situación.

Hay, sin embargo, situaciones a las que estamos obligados a adaptarnos sin estar preparados para ellas, donde nuestras reacciones, pudieran, en ocasiones, parecer absurdas.

No reaccionaria del mismo modo un cazador de cocodrilos, ante este depredador, que una persona que no lo sea. Mientras el cazador realiza movimientos seguros y planificados, ya sea para atraparlo o protegerse, la otra persona tendrá movimientos desordenados e imprevisibles, y se verán ridículos y fuera de lugar, como de quien no forma parte de una escena donde se caza un cocodrilo, o donde se escapa de él. En el caso que a usted le toque el rol del cazador, tendrá que ajustarse a sus circunstancias y entorno, y deberá demostrar que es un cazador de cocodrilos y que sabe lo que hace en cada momento.

Si a usted le toca el rol del que no lo es, del mismo modo, deberá ajustarse a sus circunstancias y entorno, usted deberá demostrar sin equívocos, lo que la escena exige de usted.

Cuando entra a una funeraria, donde un nutrido grupo de personas acompaña a un fallecido, observando las sutilezas, se dará cuentas de lo que Bertod Brecht llamo el "arreglo narrativo". Descubrirá sin equivoco quiénes son los dolidos, quiénes los acompañantes y los amigos. La mayoría de los acompañantes estarán tranquilos en silencio o hablando en voz baja, los dolidos en su mayoría, estarán cerca del féretro, generalmente en silencio, algunos sollozando y su actitud psicológica será de dolor. Los amigos tratarán de consolar con palabras o con gestos, y todos, salvo raras excepciones, estarán adaptados o ajustados a la situación. Y estarán también los que no les gusta expresar sus sentimientos íntimos en público y padecerán una batalla interior por parecer contrario a lo que sienten. Son personas que consideran debilidad demostrar sus sentimientos. Mientras otros exageran y desproporcionan la expresión del sentimiento, algunos no se identificarán con ningún grupo, pues sólo están allí acompañando a alguien, y en ocasiones parecerán fuera de lugar o desajustado.

Otro ejemplo: supongamos que estamos de visita por primera vez en una casa donde vive una familia numerosa, acomodando no menos de tres generaciones. Sentados en la sala de estar, donde hemos sido invitados a instalarnos, para atender nuestra breve estancia, desde nuestra posición nos daremos cuentas, sin mucho esfuerzo, quién está de paso, como usted, y quién no. Las personas que viven en la casa se moverán con soltura, con seguridad, porque saben dónde está cada cosa, y saben lo que significa cada objeto, quién lo puso ahí y porqué. Saben dónde está cada puerta y a qué lugar se accede a través de ellas. Tendrán conciencia de cada obstáculo, utilitario o de adorno, cada cuadro colgado en la pared, cada habitación, cada baño, en fin, estarán ajustado a su espacio y circunstancias. El que no conoce la casa, ya sea por sólo estar de paso o porque no ha vivido en ella, no se moverá del mismo modo. El actor deberá ajustarse a las circunstancias que le toquen, ya sea a la del que vive la casa, como a la del que no. Aquí se da un proceso que el actor debe conocer muy bien, con el fin de lograr conscientemente la adaptación. Aquí se combinan, fundamentalmente, la memoria espacial y la memoria semántica, o sea, del significado de las cosas, y fíjense que digo "fundamentalmente", y se debe a que esto en nuestra vida diaria no se puede separar de las demás funciones de nuestro cerebro. Sólo quiero que se preocupen, conscientemente, por cómo funcionan estos mecanismos naturales y puedan ejercitarlos para su trabajo profesional.

La memoria espacial, según la neurociencia pero especialmente la psicología cognitiva, es la que nos orienta, informándonos sobre el entorno y las relaciones de distancia, y es la que nos permite mapear cognitivamente nuestro entorno, guardando las codificaciones en el hipocampo para usarlas luego cuando sea necesario. Estas codificaciones a corto y a largo plazo son las que nos permiten recorrer desde la casa hasta las grandes ciudades sin perdernos. Un ejemplo de memoria a corto plazo es cuando salimos del baño de un aeropuerto, o cualquier lugar ocasional, ubicando la posición. O cuando recordamos un número telefónico para marcarlo y después se olvida. La memoria a largo plazo es la que funciona, cuando podemos desandar nuestra casa con los ojos tapados. La que nos ayuda a recordar sucesos de la infancia, o la vida de estudiante, etc.

La memoria semántica es la que nos ayuda a dar significado y conceptualizar. Se dice que no guarda relación con experiencias concretas, como por ejemplo, que no se necesita recordar acontecimiento alguno para responder si un vehículo es un automóvil o no. La memoria semántica y la memoria episódica, forman parte de la memoria declarativa, una de las dos principales divisiones de la memoria. La memoria semántica guarda todos los recuerdos en que no es necesario evocar acontecimiento alguno para ser utilizados, y sus significados para nosotros. La ubicación de la memoria semántica es tema aún controversial en la neurociencia, pero todo parece indicar que el hipocampo juega un papel importante en su ejercicio.

Desde luego que todos estos procesos cerebrales terminan desembocando en la psiquis, y que en su manifestación natural ninguno se puede separar, pues todos son parte de un todo, que logra funcionar como una maquinaria perfecta, o casi perfecta.

Las funciones que he tratado de explicar hasta aquí de estas dos memorias, como ya he dicho, no hay forma de separarlas de otras funciones, que son también complejos procesos, como es el caso de las emociones, la imaginación, los instintos y otros similares.

En la vida diaria se manifiestan entre la consciencia y la inconsciencia, pero como sabemos, todo en el teatro tiene que ser consciente. Debe andar por el sentido de las personas que realizan estas tareas, y a partir de lo que por ventura les dio la naturaleza, sin buscar conscientemente muchos significados, hacerlo todo a partir de lo que les cae por gravedad.

En el caso del actor no puede quedarse en la ventura, en la casualidad, en el azar de la acción. Está obligado a hacer lo que cualquier otro profesional, por ejemplo, el ingeniero mecánico, que conoce muy bien los materiales con los que va a trabajar y sabe crear las aleaciones que va a necesitar en su próximo diseño; se estudia los niveles de fricción, las temperaturas, etc., a las que va a ser sometido el material que necesita, y haciendo uso de la química, la física, la mecánica y otras ciencias, buscará la perfección de su trabajo, como también hace el carpintero con sus materiales, herramientas y saberes.

El actor no es distinto, sólo que aquí el material fundamental de su trabajo es su cerebro y específicamente su psiquis, y más específicamente, su conciencia. A las que une su cuerpo y su voz. Y en la medida que conozca mejor cómo funcionan, en la relación del cerebro y la psiquis, los mecanismos fundamentales que va a usar en su trabajo, le será más fácil y cómodo encontrar el modo de usarlos y ejercitarlos de la mejor manera.

Cuando el actor no logra ajustarse a las circunstancias, todas sus respuestas serán desproporcionadas. Sí, porque el ajuste o adaptación tiene también que ver con las proporciones de los movimientos y la comunicación verbal, y si un actor no logra el ajuste, nunca logrará la proporción, y la proporción es lo que hace que se vea como parte de su entorno y circunstancias. Es lo que hace que el actor no se vea fuera de lugar y momento. Es lo que hace que el público crea en la actuación que ve.

El ajuste en la escena es un acto de conciencia pura. En la vida real el ajuste puede ser consciente o inconsciente, porque tienen un gran peso tanto sus intereses como el azar, pero en la escena siempre tiene que ser consciente, y dependerá en gran medida del desarrollo que usted haya logrado alcanzar en su capacidad de creer y hacer creer en las circunstancias dadas.

La actuación es en gran medida un trabajo colectivo. Por tanto, los actores están obligados a formar una unidad monolítica en busca del ajuste de todos y cada uno. Un actor desajustado, destruye el trabajo de los demás.

Cuando sentimos atracción por alguien, no es frecuente la brusquedad, y mientras más fuerte sentimos la atracción, más cuidadosos somos y elaboramos con mucha delicadeza la estrategia de acercamiento. O sea, hay un proceso que comienza en nuestro interior, que consiste, en un primer momento, en esconder nuestros sentimientos, y sin embargo acercarnos, y así nos vamos ajustando, conscientemente, a las circunstancias, hasta que llegado el momento, comenzamos a hacer visibles nuestros sentimientos.

El ajuste o adaptación, siempre tiene que ser un proceso gradual de adentro hacia afuera. No podemos olvidar que todo acto humano siempre partirá de los sentimientos, y tenemos que ajustar nuestros sentimientos, para que salgan ajustados con el movimiento y el dialogo, y siempre a partir de nuestra conciencia.

Cuando usted siente cariño por alguien o por algo, siempre que le hable, se mueva o toque a ese alguien o algo, sus sentimientos de cariño serán de alguna manera legibles, visibles. Del mismo modo expresará la repugnancia, el odio, el amor, el miedo, etc…

La palabra o movimiento que no venga acompañada de la emoción o sentimiento que la origina, no tendrá forma de ser legible, ni en la vida ni en la escena, y por ende, no se comunicará con el público o su interlocutor, y esto es una máxima en el actor que nunca puede pasar por alto.

FUERZAS MOTRICES INTERNAS

Stanislavski llama de esta manera a algunos mecanismos que la naturaleza nos otorgó, con la posibilidad de separarlos en la práctica, puesto que los encerró en una armonía indisoluble. Todos están atados al sentimiento, como toda nuestra conducta. A estos mecanismos, le da la categoría de ¨maestros¨, y su primer lugar es, precisamente, el sentimiento, dándole la mayor importancia, porque él sabe que el sentimiento es el generador de todo, es la base fundamental de la conducta en nuestra especie, y es la base de nuestra condición social. El sentimiento genera el lenguaje por la necesidad de comunicarnos, es el propiciador de nuestra conducta diaria y nos obliga a crear relaciones, impulsa y actúa sobre nuestras formas de relacionarnos, y nos ajusta a las circunstancias, pues es el motor que lleva la especie hacia adelante, entre buenos y malos momentos. El sentimiento crea el amor, el cariño, la solidaridad, la bondad, la capacidad de sacrificio, aunque también, el odio, la avaricia, el egoísmo, la soberbia. Todo lo que utilizamos para la vida y para la escena.

Como segunda cualidad maestra pone al intelecto, porque conoce la función y la importancia de este mecanismo para el desarrollo del ser humano, y sabe que sin él sería imposible proyectarnos en el tiempo. No podríamos aprender del pasado y el presente, para adecuar nuestro futuro, ni pudiéramos elaborar las ideas, tampoco pudiéramos razonar ni pudiéramos comprender nuestro mundo complejo; no pudiéramos relacionarnos a partir del razonamiento lógico ni pudiéramos encontrar consenso, como tampoco pudiéramos aprender; ni tuviéramos conocimiento del tiempo y la lógica, ni pudiéramos adecuarnos a partir del razonamiento.

Como tercer elemento maestro acepta la verdad, esa máxima que él busca constantemente en su forma de hacer teatro, y esto no significa que otras tendencias estéticas no la busquen con la misma fuerza, pero en este caso, él se refiere a la verdad como forma de representación natural, y la aplica a la necesidad de similitud conductual para la escena, para que se parezcan tanto que se puedan considerarse reales, aplicadas siempre a su forma de representación.

Stanislavski estudia con detenimiento el sentimiento humano y conoce su significado para la especie. Lo ve como el motor que mueve su conducta, como el centro de toda acción y actitud ante todo; sabe lo que significa desarrollar el proceso introspectivo para comprender nuestras emociones y sentimientos, y la necesidad de comprenderlo, de convertir en hábito el proceso de comprensión, y conoce que sin este dominio es imposible lograr los resultados que él desea para su forma de hacer arte. Por ello le da la categoría de instrumento maestro. Pero él comprende también que necesita algo más, que comprender los sentimientos no es suficiente, que los sentimientos y las emociones no se pueden comprender a sí mismos, y regularse y conducirse, y que esto lo tiene que hacer otro maestro, Por eso encuentra para esta tarea al intelecto, su encargado natural, y entiende que el desarrollo del intelecto es crucial en el camino de la especie. Como busca la naturaleza humana, es imposible prescindir de él.

El intelecto es el encargado de la comprensión de los contenidos, y se ocupa en descomponer las partes para entender el todo, se ocupa de comprender y conducir las relaciones.

Y para su trabajo, para su estética, debe encontrarse con el mecanismo de las emociones y sentimientos, conocido, entrenado y educado, así como un intelecto desarrollado. ¿Qué faltaría? Pues, sencillamente, fe y sentido de la verdad, en las circunstancias dadas. El comprendió esto, y por eso insiste en no dejarle todo a la intuición, porque la intuición se entiende como una forma de llegar al conocimiento sin estudio previo de los contenidos, pero él sabe que nadie domina la intuición, que la intuición llega como por arte de magia, y no a todo el mundo, ni en todo momento, y que no hay una forma de llamarla conscientemente, cuando la necesitamos. Por esto apela al trinomio de maestros, que sí están a nuestro alcance, que si existen la forma de trabajar con ellos, y entiende que este triunvirato es la base fundamental para su trabajo, y a ello se dedica en cuerpo y alma.

* * *

Para nadie debería ser un secreto lo que significan la inteligencia emocional, la voluntad y el intelecto en el quehacer de trabajo y en nuestro desarrollo por la vida. La voluntad es el motor que nos lleva de la mano, contra viento y marea, y es la fuerza más importante para llegar a cualquier destino. Sabemos lo que sucede cuando no hay voluntad, cuando ésta flaquea o muere. Pero la voluntad, por si sola, no significa mucho, pues necesita del intelecto. El intelecto busca el destino, imagina los pasos, traza el camino. Pero necesita desarrollar, acumular conocimiento y experiencias, que nos ayuden al análisis de situaciones simples y complejas, que nos ayuden a andar con pasos seguros en los accidentados caminos de la vida. Mientras más conocimientos y más experiencias, en mejores condiciones estaremos de enfrentar la existencia. Pero la voluntad y el intelecto necesitan apoyo incondicional del motor más importante del desenvolvimiento humano, formado por las emociones y el sentimiento. El desarrollo de la inteligencia emocional es irrenunciable para el actor. La inteligencia emocional desarrollada es la que nos permite mantener la salud de nuestra psiquis, nos ayuda a comprender y soportar las crisis emocionales y a paliar las consecuencias con relativa facilidad. Hay, sin embargo, otro elemento que yo quiero agregar, de importancia vital, para el actor. Un contenido que no puede faltar en la labor del actor es la capacidad de juicio. La capacidad de juicio desarrollada no va a eliminar totalmente los errores, pero créanme que nos aleja sustancialmente de ellos.

Más del noventa por ciento de nuestros errores se deben a juicios errados, en la vida y en la escena.

Cuando el actor enfrenta un personaje, apelará irremediablemente a la voluntad consciente, al intelecto, a las emociones y sentimientos, y a su capacidad de juicio.

Un personaje complejo, bien escrito, tendrá muchas aristas emocionales a elegir, que el actor tendrá que enfrentar, y dependiendo del desarrollo de las condiciones antes dichas, enfatizará lo correcto o no. Desde luego, hay otras condiciones que intervienen en el trabajo del actor, imposibles de separar. Casi todo, cuando no todo, lo que hemos estudiado hasta aquí, con respeto a la psiquis, sólo se puede separar como material de estudio, ya que en la práctica es imposible hacerlo, por estar naturalmente encadenadas de forma tal, que una no trabaja sin la otra.

LA LÍNEA ININTERRUMPIDA

Cuando un ser humano participa, toma partido en hechos y acontecimientos, su forma de hacerlo será el resultado de toda su trayectoria como ser humano. Y desde que nació hasta el momento en que participa, trae consigo una cadena ininterrumpida, emocional y cognoscitiva, que se ha venido formando desde entonces, y en dicha cadena se encontrarán todas las razones de su comportamiento, de su forma de conducirse. En esta cadena se formaron todos sus demonios y sus ángeles, en ella arrastra sus bondades, sus alegrías, su amor, su ternura, sus sueños, su sensibilidad, su capacidad de sacrificio, su concepción del mundo. Pero también, sus odios, sus ambiciones, sus egoísmos, su soberbia, etc....etc...

Como ven, todo ser humano tiene una historia, formada en un camino pedregoso, unos más y otros menos. Pero, para el arte de actuar, como pide el creador del método a sus actores conforme a su estética, el personaje que nos da el dramaturgo tiene siempre una historia incompleta, y el actor tiene que completarla. Tiene que insertarlo en su cadena, cuidadosamente; tiene que encadenarse de forma tal, que le dé una contundente lógica a su comportamiento en la puesta en escena, y tiene que alimentarlo a partir de su historia, porque el personaje va a vivir, a partir de la historia del actor, todo el comportamiento humano que ha aprendido, e inducido por la cadena de vivencias, que lo marcarán para siempre. Nadie llora porque quiere, nadie ríe porque quiere, nadie odia porque quiere, nadie envidia porque quiere, nadie se enamora porque quiere. Todo lo que no está en el patrón genético, es resultado de vivencias y cultura. Cada ser humano tiene un modo casuístico de asimilar el entorno, natural y social, y cada uno tendrá un modo de reaccionar ante similares situaciones dentro de muchos comportamientos comunes.

Como dije anteriormente, cada ser humano tiene una historia, sin lagunas, sin baches, encadenada, minuto a minuto, segundo a segundo, y esa historia conforma su realidad, convierte el amasijo de carne y huesos en un comportamiento, en un ser viviente que se exterioriza de determinada manera, como resultado de sus afectaciones emocionales, y que aprendió a amar o no, que aprendió a adiar o no, que aprendió a llorar, a reír, a sufrir, con sus goces y amarguras, nunca decididos por él. Todo esto es lo que el maestro exige para el personaje: que sea convertido en un ser humano, con una historia, minuto a minuto, de principio a fin.

Entonces de esto tiene que encargarse el actor, tiene que estudiar en qué momentos de su cadena personal puede ir insertando los momentos del personaje, para hacerlo vivir dentro de su vida y para que el personaje vibre, a partir de sus vivencias, de su trayectoria humana.

* * *

Cuando enfrentamos una obra, o un personaje, nos encontraremos esbozos de perfiles psicológicos incompletos, y retazos de vida de personas, en su mayoría ficticias, con muy poca información. En teatro, las acotaciones son muy escuetas y generalmente se refieren a las entradas y salidas de los personajes. La mayor parte de la información que necesita el actor, la va encontrar en los diálogos, estudiando los diálogos. El actor tiene que completar una personalidad que va a desarrollar su actividad en un marco determinado.

El diálogo es uno de los momentos más difíciles del que escribe. Porque tiene que centrar su atención en la psicología y objetivo de cada personaje. El dialogo tiene que ser preciso, no puede divagar.

En la vida cotidiana, el mayor por ciento de los diálogos que establecemos carecen de importancia mayor, salvo cuando se refieren a tareas específicas. Pero la mayoría de las veces no es así y se sabe dónde comienzan, pero enseguida pierden la dirección y nadie sabe dónde van a parar. En ocasiones no se recuerda dónde comenzaron. Pero en el teatro la trayectoria del dialogo es inquebrantable, con objetivos muy precisos, y siempre debe tener la información correcta.

El actor tiene que -a partir de todos estos retazos bien organizados, que es lo que debe ser el texto de una obra de teatro- armar la vida de un ser humano único e irrepetible, con todas las complejidades psicomotoras que tenemos los seres humanos. Tiene que crear una línea emocional ininterrumpida en su relación con cada uno de los otros personajes con los cuales debe que coincidir en escena.

Tiene que aprovechar los objetivos individuales por cada bocadillo, texto, por escena, rumbo al súper objetivo del personaje y de la obra, y ponerlo en función de su capital interior. El texto es un medio que el actor va a utilizar para vaciar sus sentimientos, pero siempre bien ajustado a la psicología de su personaje. El actor jamás se representa a sí mismo, y siempre usará sus sentimientos para crear la arquitectura acabada de otro comportamiento humano, en toda su complejidad.

El texto de una obra es siempre un montón de retazos bien organizados, en ocasiones con grandes saltos temporales y emocionales. El actor será el encargado de darle sentido lógico a estas transiciones, encadenándolos y dándoles sentido a cada momento, creando la línea ininterrumpida.

Anton Chekhov (isquierda), quien en 1900 presentó Stanislavski a Maxim Gorky

El ESTADO INTERNO DE CREACIÓN

Cuando un actor está listo para representar un personaje, es necesario que tenga en cuenta que ante cada función va a necesitar tiempo de preparación interna, en el que va a trabajar para estar en posesión del personaje. Unos actores van a necesitar más tiempo que otros, y esto no significa, necesariamente, mejor a peor resultado ni para uno ni para otro. Esto sólo responde a características personales de cada uno. Pero lo que sí parece estar claro es que se necesita tiempo de preparación para tener la posesión del personaje. Antes de salir a las tablas a enfrentarse al público, el maestro les exigía a sus actores llegar a dicha preparación por lo menos dos horas antes del comienzo de la función. A todos por igual.

Desde luego que cuando se trata de trabajo en grupo, hay que trazar política disciplinaria, para todos por igual.

El personaje es el vehículo a través del cual el actor va a vaciar su adrenalina, y del mismo modo que el paracaidista prepara su paracaídas para evitar fallas que produzcan accidentes, el actor tiene que preparar sus mecanismos internos, asegurando la cadena de elementos a través de la cual se moverán sus sentimientos y emociones. Tiene que evitar posibles fisuras que siempre estarán al acecho para accidentar su camino. Es muy fácil que esto suceda, y por eso se necesita un trabajo constante y disciplinado.

El actor no puede darse el lujo de decepcionar a su público. Y cuando esto sucede, ya lo perdió, no hay, fácilmente, vuelta atrás. Esto es muy importante para el actor en general, pero cobra particular importancia para el principiante. El actor trabaja con su naturaleza, tanto el plano interno, como externo, y estos planos necesitan entrar en temperatura adecuada a su labor. De lo contrario se corren riesgos peligrosos. La preparación del espíritu constante de creación, requiere de mucho trabajo y constancia.

Abundan los actores que hacen trabajo de oficio, y logran engañar al público menos profundo y advertido. Convierten su trabajo en un modo de vida, y desde luego, nadie debe decirle a un adulto con experiencia cómo debe hacer su trabajo. Pero lo que si es cierto es que un artista verdadero nunca asume su trabajo como un modo de vida fácil. Siempre el arte le da sentido a su vida, y generalmente es víctima de una inconformidad enfermiza porque su vida se convierte en una búsqueda obsesiva. Le cuesta mucho ver los valores de su obra, porque siempre anda en busca de sus defectos, en busca de la perfección, y trabaja incansablemente. Para él nunca es suficiente. De aquí que el escritor cubano Alejo Carpentier dijera que el artista no era el más capacitado para valorar su obra, puesto que siempre le encuentra más defectos que virtudes.

Para su formación profesional, el actor no puede parar la búsqueda, esa búsqueda es constante que debe ser un hábito consciente e inconsciente. Todos sabemos lo difícil que resulta hacer arte. Si hacer arte fuera fácil, el buen arte no tuviera el valor que tiene, porque pudiera hacerlo cualquiera, sin mucho esfuerzo. Pablo Picasso pasaba días y días fabricando basura con el papel que botaba, haciendo los bocetos de una obra. Se dice que Ernest Hemingway escribió una cantidad enorme de veces la última página de una de sus novelas. En la historia del arte existen muchas anécdotas de este tipo, que develan la obsesión de los artistas con su trabajo. No obstante, creo que ésto es válido para cualquier tarea humana. Los que llegan a tener éxito rotundo y meritorio, son los que se meten en cuerpo y alma.

Cuando usted encuentra un objetivo claro y bien definido, su vida cobrará sentido, y en la medida que usted asuma su propósito y ponga el alma en ello, usted vivirá en su obra y ella tendrá vida.

* * *

Stanislavski hace ciencia convencido de que hace arte, creando el primer método científico para la formación del actor. Para la formación del actor que él necesitaba, para el actor que respondiera a su estética. Y resulto ser un salto en el tiempo que llega con fuerza increíble hasta nuestros días. Es tan así, que resulta imposible encontrar un director o actor que de alguna manera no esté utilizando los descubrimientos del gran maestro ruso, aún cuando en muchos casos no lo sepan y hasta puedan negarlo.

Stanislavski no inventa nada. El genial director estudia con detenimiento todo el legado que le precede, descubriendo leyes inobjetables para hacer funcionar el espectáculo, para convertirlo en vida intensa. Y ahora estoy hablando de dirección escénica. A decir de Bertold Brecht: "Stanislavski hace aportes importantes también como director, logra un enfoque distinto para la responsabilidad social del artista, ajusta la importancia de cada personaje dentro de la dramaturgia de la obra, presta particular importancia a cada momento de la puesta. Para él cada momento es parte de un todo y nada tiene vida propia alejada de ese todo"

Logra como nadie antes lo logró el sentido poético de la obra. Aún en las obras naturalista en que él trabajó, conduce con gran maestría cada línea hacia los grandes momentos. Ensenó al actor a partir de un minucioso trabajo introspectivo, de preparación previa para conocer a los personajes que debía representar, y todo debía partir de la observación o debía ser confirmado por ella. Mostró lo bello y lo feo con la misma fuerza y gracia. Planteó la vida en escena en toda su complejidad real. El centro de su trabajo es el ser humano en toda su dimensión, en todo su espacio difícil y complejo. Todo esto por sí solo, convierte a Stanislavski en un humanista convencido y lo lleva al movimiento de vanguardia por derecho propio.

No podemos olvidar que las bases para cualquier movimiento estético dentro del arte es el naturalismo. El ser humano no está capacitado para lograr una dimensión distinta si no conoce al dedillo de dónde parte.

El artista plástico no podrá crear deformaciones de figuras consiguiendo efectos válidos, sin conocer en toda su dimensión las formas naturales. Y esto es válido para todas las artes. Pero si no fuera así, la perfección del naturalismo es ya un salto de dimensión en el tiempo y marca un hito de incalculable valor en el desarrollo del arte. Marca un antes y un después, y es por ello que no se comprende cuando personas, incluso entendidas, usan términos despectivos para este movimiento y para Stanislavski, sin darse cuenta real de cuál es el contenido y valor de su método. Desde luego, no estoy diciendo que el naturalismo fuera perfecto. Si fuera así, no existirían todos los movimientos estéticos actuales y la búsqueda constante de nuestros contemporáneos. Pero el sólo hecho de que exista esa búsqueda, significa que no existe lo perfecto, y es innegable que con nosotros conviven movimientos muy buenos que logran complacer nuestros gustos y otros que no tanto. Pero a medida que pasa el tiempo, aparejado al desarrollo humano, habrá que encontrar nuevas formas que complazcan las nuevas exigencias. Pero lo que no podrán hacer nuestros seguidores es considerar despectivas las formas que nos complacieron y antecedieron. Se paran sin saberlo en hombros de gigantes, aunque no lo reconozcan. Porque el presente siempre está lleno de pasado, y cocina el futuro.

Para los detractores de Stanislavski, como digo al principio, el gran maestro ruso logró que el actor que respondiera a su estética a partir de un minucioso adiestramiento de los mecanismos sicológicos del ser humano, y es innegable la presencia de Freud en todo el sistema de Stanislavski, el genial director del Teatro de Arte de Moscú descubrió que la única forma de llegar al dominio de sí mismo era a través de la psiquis, y escribió un método paso por paso que respondiera a su actor, a su estética, a su forma de hacer, lográndolo como nunca antes. Y es aquí, a mi modo de ver, donde está el corazón del grave error que cometen sus detractores, confundiendo a Stanislavski director con Stanislavski el creador del método.

Nadie podrá adiestrar a un actor, para el movimiento estético que desee o cree, obviando el adiestramiento síquico y ese link que nos legó Stanislavski. Él mismo dice que no pretende que su método sea algo acabado, sino una puerta, una herramienta, un camino para seguir adelante. Si no pueden creerlo, traten de encontrar en los métodos de Bertold Brecht, Antonin Artaúd, Grotowsky, Meyerhold, entre otros, un camino diferente para adiestrar sus actores obviando la psiquis, Y además, es evidente y confeso en el trabajo de muchos famosos actores del teatro y el cine de hoy.

Stanislavski descubrió a Freud y lo trajo al teatro, y es el único que dejó un método escrito de principio a fin para adiestrar la psiquis del actor. Y esto es axiomático y parece que será así mientras el teatro se haga con seres humanos.

Quiero agregar que en la diversidad de movimientos estéticos está la riqueza del arte, y no me parece bien renegar de algo porque no nos gusta o simplemente porque no lo entendemos.

Stanislavski como General Krititski

EL SUPER OBJETIVO

Para que un dramaturgo se proponga escribir una obra, después de una faena larga donde la idea ha ido tomando forma en su cabeza, primero pasa mucho tiempo buscando información, desechando, seleccionando su material, en una labor larga y tediosa que puede durar años. Es muy difícil encontrarse una obra que no ataque un defecto, que no tenga como propósito denunciar o mejorar algo en la sociedad, dar a conocer hechos que el dramaturgo cree deben estar en conocimiento público, o que no se deben olvidar para mantener viva la memoria histórica. Dar alerta sobre hechos, solidarizarse con acontecimientos. Son infinitas las motivaciones y posibilidades en cuanto a temas y posiciones y maneras de enfocarlos, pero siempre será un trabajo largo y cuidadoso. En ocasiones un creador puede tener temas que quiera abordar, que van tomando forma durante años, pero no se dedicará a él hasta que no considere que la idea ha madurado lo suficiente, hasta que no estén claras en su mente las líneas fundamentales de su boceto, para usar un término de la plástica. Una vez que todo esto está listo, aparecerá el tema en toda su complejidad, y va a resultar muy general inicialmente, como la guerra, el amor, el egoísmo, el obrero, la mujer, los animales etc... etc... etc... Dentro de todo el entramado que ha ido tomando fuerza el objetivo, empujando al dramaturgo, convenciéndolo cada vez con más y más persistencia, finalmente se decide a abordar el tema.

Supongamos que el tema es la guerra, pero, ¿qué se propone demostrar con este tema?, ¿la estupidez de la guerra? ¿la necesidad de la guerra? ¿la grandeza de un oficial? ¿el coraje de una mujer? ¿el sufrimiento de un grupo de niños? ¿denunciar el uso de niños?

Como pueden ver, es muy rica y diversa la posibilidad de objetivos dentro de un tema. Después que el dramaturgo tiene bien definido el tema y el objetivo, comenzará a imaginarse los espacios físicos donde va a desarrollar las acciones. Los espacios no son tan fáciles de definir, puesto que la elección de un espacio debe expresar algo por sí mismo, y no significa lo mismo un campo de batalla con soldados disparando que un grupo de soldados a la orilla de un rio, donde algunos se han tumbado a dormir debajo de los árboles y otros llenan sus cantimploras con agua fresca, algunos aprovechan para lavar su ropa interior, y otros miran fotos y leen cartas de familiares... Aquí el lugar y las actitudes significan que se sienten seguros, resguardados de las acciones de combate.

Cuando el dramaturgo elige el lugar es porque significa algo dentro de la acción. Una escena que se desarrolla en la alcoba va a dar la impresión de intimidad, independientemente del tema. Aunque sea un diálogo entre un hijo y un padre. Y esto porque la alcoba es un espacio íntimo, no es un espacio público, como el recibidor o un lobby de hotel, por ejemplo.

Pero la misma alcoba, bien ordenada, no significa lo mismo que el espacio en total desorden. O sea, nada se verá, se escuchará o sucederá por capricho. Todo, absolutamente todo, estará en función de los personajes y la atmósfera que el dramaturgo desea, así como todo lo que se vea, suceda, o se escuche, estará de alguna manera ligado a su objetivo.

El diálogo es uno de los retos más difíciles del dramaturgo, puesto que en el diálogo tiene que ingeniársela para que en la forma de decir aparezcan rasgos psicológicos del personaje, de su personalidad, de su carácter, de su temperamento, además de sus objetivos dentro de la escena. Porque en cada aparición, el personaje tiene un objetivo, y cada uno de estos pequeños objetivos, será un eslabón de la cadena en el camino hacia el objetivo del dramaturgo. O del ¨super -objetivo¨, como lo llama Stanislavski.

El diálogo debe estar escrito en términos de acción, o lo que es lo mismo, traer en sí el germen de la acción. Debe traer información valiosa sobre las características del personaje, sobre sus puntos de vista y objetivos, y también sobre los demás personajes. Pero debe traer además elementos que empujen la acción hacia delante, o produzcan un punto de giro en el dialogo, en la acción, o en ambos.

Les menciono hasta aquí, sólo algunos de los elementos fundamentales que deben aparecer en el dialogo, sin penetrar demasiado para no hacer engorrosa la comprensión del tema. Sólo quiero que tengan una visión más amplia del camino que tienen que salvar el autor y de todo lo que el actor tiene que estudiar con detenimiento. Que tengan claro lo que significan los elementos que enlazan, la cadena de objetivos individuales con el super objetivo que irá delineándose. Que además, jamás trabajen como hacen muchos actores que sólo se aprenden el pie del texto del otro personaje, porque tienen que buscar en dicho texto los elementos que apoyan sus reacciones, y eso no lo encontrarán en lo que llamamos "pie" de diálogo.

Nunca el dramaturgo desarrollara una acción en un espacio por capricho. Saber esto es de mucha importancia para el actor, y es una pregunta que debe responderse, y que va a influir en su estado de ánimo. "¿Porque aquí?"

Como ya de alguna manera hemos dicho anteriormente, el actor no subirá nunca a las tablas sin un propósito claro, definido, sólido.

En una obra dramatúrgicamente bien escrita, no habrá palabra, frase, entrada y salida de personaje, que no tenga un significado bien definido, y que de alguna manera no enlace con el súper-objetivo. Tan es así, que si usted suprime una escena, se pierde o debilita el hilo conductor, porque siempre la palabra, frese, entrada o salida y entrada de personaje, y escena, están indisolublemente ligadas a la que antecede y a la que sucede.

Si esto es así, de ello se desprende que el actor tiene que encontrar en cada palabra, frase, escena, entrada y salida de su personaje, esta razón o propósito y su conexión con el resto de los personajes y el súper- objetivo, para evitar que, careciendo de estos recursos, afloren emociones, sentimientos, gestos y palabras que no enlacen con dicho propósito.

Sobre todo en actores noveles que carecen del dominio de una técnica consciente que los ayude a encontrar su naturaleza subconsciente, resulta muy común que se pierdan en el contexto de la obra y la relación con su personaje, y vemos que con mucha frecuencia todo parece forzado y superficial, o tratan de encontrar recursos "teatrales".

Fíjense que Stanislavski usa la palabra "teatral" en despectivo. Pues en este caso se está refiriendo a las convenciones teatrales que existían antes y ya eran clichés, como ponerse la mano en el corazón en señal de amor o dolor; llevar su mano a la frente o la cabeza en señal de preocupación, suspirar profundamente en señal de impotencia, y muchas más que los actores se aprendían, y sus personajes estaban estructurados sobre estas bases. A esto es a lo que él llama, despectivamente "teatral", que también significa lo mismo ya en el habla común, en la exageración de gestos, en la sobre-actuación que de trágica pasa a cómica. Y la llama asi porque él quería alejarse de estos recursos artificiales y acercarse lo más posible a la naturaleza orgánica creadora en la manifestación escénica. O sea, lo más cercano posible a la vida natural.

Una obra teatral debe ser una unidad orgánica y sus bases deben estar estructuradas en función de intereses contrapuestos o conflictos, que irán creciendo en busca de un desenlace, y que deben conducir, irremediablemente, al súper-objetivo. Nunca se deben encontrar elementos superfluos. Cada elemento tiene una función vital para intensificar o bajar las tensiones, siempre, a través de una lógica contundente.

Todos estos elementos, deben tener para el actor una claridad meridiana, para que su partitura de sentimiento y emociones esté estructurada sobre estas bases, con la profundidad que merece su rol. Cuando un actor no tiene bien clara cada una de las situaciones en que tomara parte, y no conoce al dedillo a cada uno de los personajes y cualidades con las que tendrá que relacionarse, no será posible lograr un buen trabajo.

Es importante tener en cuentas que en la vida diaria, nuestras emociones no se manifiestan del mismo modo. Con todos los amigos, con todos los conocidos, en fin, con todas las personas con quien de alguna manera nos relacionamos. En cada caso cambiará nuestra conexión sentimental, y por ende, nuestra conducta sufrirá cambios. Cambios en ocasiones muy sutiles, pero cambios al fin. Y en ocasiones, estos cambios son radicales en el movimiento de nuestra conducta. En la escena, conocer eso es de vital importancia para relacionarse con el resto de los personajes, ya que traerán consigo toda una gama de sutilezas y transiciones que harán más creíble su desempeño.

El súper-objetivo de Stanislavski no es más que el propósito que persigue la puesta en escena. Éste puede o no coincidir con el autor, pero el responsable principal que marca el propósito de la puesta es el director. Digo "puede o no coincidir con el autor", porque la vida nos demuestra que no siempre es así, y a menudo el director toma un texto escrito por un dramaturgo determinado, y enfatiza como tema principal, o propósito, algún elemento, que, generalmente, está contenido en el texto y lo impulsa como su objetivo principal. Y la puesta en escena cambiará radicalmente la línea del énfasis que aparece en el original.

En muchas tragedias escritas o atribuidas a Shakespeare, sobre todo las que tienen que ver con las intrigas palaciegas, se perciben con mucha claridad una gran cantidad de temas, en que los directores se han apoyado en infinidad de puestas, enfatizando, indistintamente, alguno de ellos, como son: el odio, la avaricia, la lujuria, el egoísmo, y muchas de las grandes altas o bajas pasiones que aparecen en el texto original.

EN EL UMBRAL DEL SUBCONSCIENTE

El director del Teatro de Arte de Moscú dedica su vida en el teatro al estudio de la naturaleza humana, consciente de que lo que buscaba para su forma de hacer estaba allí, y no en otro lugar. Y entre estudios y experimentos va logrando que sus actores asimilen la técnica que poco a poco asoma su perfil. Su estética es naturalista, sin duda alguna, y él busca el comportamiento totalmente humano en la escena, y sabe que la única forma de lograrlo es estudiando al ser humano, porque logró entender que el arte nace en la naturaleza humana y va hacia ella. No existe una manifestación artística que haya nacido fuera de las condiciones que nos dio la naturaleza. Cuando la historia del arte usa la frase ¨descubrir la perspectiva¨, tiene razón, toda vez que se refiere a la pintura, al poder expresar las dimensiones, y en este marco es lógico y justo usar la palabra descubrir, pero no en el marco natural, porque nosotros nacemos viendo en perspectiva, viendo en tres dimensiones, y usando estos recursos, aunque no sepamos cómo se llaman. Todo arte parte de la naturaleza y va hacia ella. El cubismo no hubiera podido eliminar la perspectiva si no la conoce, el impresionismo no pudiera existir si en nosotros no existiera la condición natural de completar las imágenes y los colores. A partir de simples manchas, el abstraccionismo busca comunicarse con las emociones, sin intervención del intelecto, como mismo ocurre con algunos test de sicología.

El maestro entendió todo esto y por ello va en busca del ser para dirigirse al ser. Pero para encontrar al ser tiene que ir a su interioridad, porque a pesar de que sabe que es imposible lograr la vida real en la escena, si está convencido que es posible lograr una apariencia creíble, que sea capaz de involucrar el sentimiento humano, porque como dijera Jorge Luis Borges, nunca vamos a recordar el hecho real, siempre vamos a recordar la última vez que recordamos.

Pero para lograr llegar a los mecanismos humanos que necesita, tiene que valerse de la ciencia. El encuentro de este hombre con la ciencia es lo que lo proyecta, lo convierte en un hombre sin tiempo, sin época, lo lleva a la vanguardia eterna.

La ciencia le enseña que somos capaces de ser conscientes de que tenemos conciencia; le enseña que tenemos una subconsciencia, le enseña que tenemos un sistema de grabación de huellas de todo lo que nos llega por los sentidos y que gracias a eso aprendemos a ver, escuchar, sentir, oler, saborear, pero que grabamos también todo en forma de sentimientos y emociones, que serán, a fin de cuentas, las que determinarán nuestra conducta, nuestras relaciones.

Estudia con disciplina todo este legado de la ciencia, y lo trae al teatro, para que el actor aprenda a comportarse en la escena como en la vida, que es la forma en que él concibe su modo de hacer arte.

Idea la forma de que la consciencia ponga las reglas, el orden en la escena, que decida las acciones, que conduzca rumbo al destino. Y que la subconsciencia ponga el biorritmo, la energía, las emociones y sentimientos solicitados por la conciencia, que aprendan a trabajar sobre las tablas manteniendo el balance perfecto que nos dio la naturaleza. Pero sabe que hasta hoy ha sido imposible llegar a la plena manifestación natural, puesto que esto solo sucede en nuestro enfrentamiento real con la vida, y en las tablas la ficción que trata de ser realidad se adueña de todo. Allí podemos imitar la vida, como expresaba el viejo concepto clásico; podemos imitar la muerte, pero siempre la conciencia sabe que no es verdad, y por ello usa la palabra umbral, y crea las técnicas de aproximación, porque descubrió que al umbral si se puede llegar en busca de la verdad artística, se puede hacer latir el corazón del que nos mira, y poner en movimiento su intelecto, aprovechando estas técnicas y el acuerdo tácito entre la escena y el público. El público viene dispuesto a creer, y el actor va dispuesto a comunicar lo creíble, y en esta necesidad de ambos, en esta comunión, está la fuerza del arte. La disposición del público exige una verdad que haga vibrar su naturaleza, y el maestro encuentra la forma de no decepcionarlo, desarrollando una técnica de aproximación al mundo de los recuerdos, para poner en movimiento las emociones y los sentimientos, porque descubrió que éste es el único lenguaje que entiende el lunetario. Por eso se niega a salir del mundo interior del actor, pues sabe que es el único lugar donde se encuentra la verdad artística, y en su afán de encontrarla, va allí, una y otra vez, y como buen pedagogo, repite, reitera constantemente, para grabar en la subconsciencia de los noveles sus herramientas técnicas.

Otra alerta importante es la obligación del actor de descubrir su género. Un comediante difícilmente pueda hacer tragedia y viceversa. En sentido general. los creadores tienen un género que es en el que encajan, del cual es muy difícil sacarlo. Es algo muy personal. Cuando un actor se empeña en hacer un género para el cual no está dotado, lo más probable es que esté en el camino al fracaso. Un baladista no puedes ponerlo a cantar merengue o son, y un sonero o merenguero, difícilmente puedan interpretar baladas o bien la ópera. A menudo, un buen cuentero no es un buen novelista, ni un buen novelista un buen cuentero. Existen excepciones, claro, de personas capaces de moverse con facilidad dentro de distintos géneros y contar dentro de los grandes de cada uno, pero esto no es la regla. La regla es cada uno debe ir y va a lo suyo, y las excepciones, son solo eso, excepciones, merecedoras, claro está, de los grandes aplausos.

Cuando un actor logra encontrar el género donde su naturaleza encaja a la perfección, le será mucho más fácil moverse como el pez en el agua, y encontrar lo que el maestro llamo inspiración, que es ese estado donde sus fibras internas se mueven en un torrente imparable, todo está alineado a su favor, transportándolo a la labor subconsciente, donde el espíritu de creación se desborda, cayendo en un estado de contubernio emocional con el público, donde ya, artísticamente hablando, todo es posible.

Una vez que sus fuerzas motrices internas estén aceitadas, técnicamente correctas, sólo faltará que las piezas del rompecabezas caigan en su lugar, para que aparezca la inspiración, accediendo al umbral del subconsciente, para comenzar a vivir con la intensidad de la vida, siempre apoyado en sus compañeros, las circunstancias dadas y en camino hacia el objetivo.

Y para mayor claridad, nada mejor que las concluyentes palabras del maestro.

"Nuestro tipo de creación es la concepción y nacimiento de un nuevo ser; la persona en la parte. Es un acto natural semejante al nacimiento de un ser humano.

* * *

Nuestra inconsciencia guarda todos nuestros recuerdos, todas nuestras experiencias, adquiridas a través de nuestros sentidos. Son guardadas en un sistema de grabación de huellas, y nos ayudan a ver, escuchar, sentir, por medio de las comparaciones o asociaciones. Cuando vemos una imagen por primera vez, nuestra subconsciencia buscara entre las imágenes grabadas en nuestro sistema, la que más se parece, para así poder identificar la imagen que estamos viendo. Es por ello que, si miramos al cielo, podemos ver figuras en las formas caprichosa que a menudo forman las nubes o las estrellas, y lo que estamos haciendo en este caso es asociar imágenes que ya tenemos grabadas en nuestro subconsciente.

Aprovechando esa condición humana, Hermann Rorschach (1884-1922) creo un test para el estudio de la personalidad que consiste en tomar una hoja de papel y ponerle un poco de tinta, luego doblarla en dos para permitir que la tinta se desorganice y se fije en la hoja. Cuando finalmente, se despliega el papel, aparece una mancha irregular, caprichosa.

La mayoría de los seres humanos vemos algo en la mancha un animal, un objeto, un mapa, etc… Casi todos veremos algo distinto, porque esto juega con las asociaciones de cada cual. Pero esto no es pasivo. En estas asociaciones juegan un papel importante los sentimientos, y es aquí donde van a aflorar rasgos de la personalidad del individuo.

Todas estas imágenes grabadas a través de nuestros cinco sentidos, van a jugar un papel de primer orden en nuestras vidas, y serán las responsables de nuestra conducta. Aquí estarán naciendo nuestras decisiones, nuestros miedos, nuestra forma de amar, nuestra ira, nuestros éxitos y fracasos, nuestra forma de conducirnos, de socializar etc…

Hasta el día de hoy, nuestra consciencia no tiene libre acceso a estos dominios, y no sé qué pasara con el tiempo, puesto que el ser humano está en pleno desarrollo, pero si esto algún día sucede, ojalá sea para bien. Nosotros no podemos reproducir nuestras sensaciones, nuestras emociones y sentimientos en su origen. Solo tenemos copias que hemos ido guardando con el tiempo y la vida.

Supongamos que a usted lo apuntan con un arma de fuego y cree que va a morir. Siente el olor de la muerte, la ve delante de usted, cree que llegó su final. De inmediato, su instinto de conservación activa sus mecanismos de defensa y se produce en usted una explosión de secreciones químicas, y su conciencia desaparece, porque el instinto de conservación tomo el mando.

Pero en el último momento aparece alguien y desarma al agresor.

De este hecho, a usted le van a quedar los recuerdos, que serán guardados en su memoria, y podrá recordarlo cada vez que lo desee, pero no podrá reproducir el hecho en su origen. A partir de esa memoria no podrá lograr que el instinto de conservación se active y produzca la explosión química como en el caso real, cuando anuló su conciencia y tomó el mando.

Lo que si podrá hacer a partir de los recuerdos es reproducir, en apariencia, los resultados. Usted recuerda cómo se sintió, y esto, ensayándolo muchas veces, puede lograr reproducirlo y hacerlo creíble. Usted puede reproducir a partir de la memoria, todos los recuerdos, emociones y sentimientos, y a través de una práctica constante y disciplinada tenerlos bien aceitados, para cuando los necesite. Una vez que el actor ha logrado dominar la reproducción de sus emociones y sentimientos, y se han convertido en algo que él puede hacer creíble, los guarda en una especie de memoria artificial, una memoria operativa o RAM, para llamarle de alguna manera, y así, tenerlos a manos siempre que los necesite.

No se imaginen un almacén de emociones, donde vamos a tomar al azar lo que nos convenga.

Las emociones y los sentimientos están regulados por las circunstancias dadas y el súper-objetivo del personaje. Recuerden que hemos dicho más de una vez que toda acción, todo gesto, toda palabra, serán siempre el resultado de un estado sentimental o emocional, y en la escena, nada puede suceder por casualidad. El actor tiene que tener muy clara la cadena de objetivos en cada palabra, en cada diálogo, en cada escena, y a su vez, esta cadena, en sus detalles, tiene que estar indisolublemente ligada al súper objetivo. Si algo falla en la cadena, fallará la credibilidad del actor.

Cuando en la vida diaria nos proponemos un objetivo de vital importancia para nosotros o para la familia, dependiendo de la complejidad del proceso que tenemos que emprender para lograr dicho objetivo, estudiaremos con mucho cuidado cada paso en el camino para lograrlo. Sabremos que obstáculos debemos derribar primero y cuál después, para ir limpiando la vía de acceso. En el teatro no es distinto, sólo que en la escena todo es de vital importancia. El actor tiene que hacer suya cada situación y emprenderla como si en ello le fuera la vida: todo para él debe ser de gran importancia. Hay que evitar cada detalle superfluo, y en caso de que exista, eliminarlo.

Nunca un actor debe intentar sustituir la subconsciencia con la conciencia, y esto es lo que sucede, muy a menudo con los actores noveles. Cuando suben a escena, están preocupados por cómo caminan, cómo se paran, cómo gesticulan, cómo se sientan, y terminan siendo torpes, imprecisos, indecisos. El actor debe encargarse de tener claro su propósito y dedicarse por entero a lograrlo, y su subconsciencia se encargará de las acciones, poniendo en cada una la energía y formas necesarias, como en la vida real.

Tratar de sustituir la subconsciencia, es siempre un desastre, tanto en la vida real, como en las tablas. En las tablas, dele conscientemente valor al propósito y concéntrese en lograrlo, y todo lo demás vendrá por su propio peso.

Bertolt Brecht

BERTOLD BRECHT Y CONSTANTIN STANISLAVSKI

Cuando Brecht les dice a sus interlocutores que él prefiere pensar que Stanislavski y él van al mismo lugar, pero por distintos caminos, no puede estar más en lo correcto. Los dos van al mismo lugar, los dos se proponen lograr el mejoramiento humano y contar una historia en escena, pero sus caminos se bifurcan en su forma de hacer. Ambos toman sendas paralelas, distintas. Stanislavski trata de lograr su objetivo a través de la identificación entre actor y público, recreando vivencias emocionales, que no se olviden nunca.

Por su parte, Brecht, prefiere el ¨distanciamiento. Por esa vía quiso alejarse de la identificación emocional, y quiere llegar al público a través del intelecto, y para ello creo lo que el llamo, ¨efecto quinto¨, o ¨extrañamiento¨, para lograr con esto que el público, al no identificarse con el personaje, pudiera tomar partido, desde la posición del juez, no la del participante pasivo. Él buscaba la comunicación, apelando al juicio del público, lejos de los eventos emocionales. Es importante aclarar que Brecht nunca estuvo totalmente en contra de la identificación. De hecho, en los ensayos, le pedía a sus actores la identificación con el personaje, aunque no en la representación con el público.

De esta forma ambos llegan al mismo lugar, al mismo propósito, y yo quiero agregar que también parten del mismo lugar, del actor y su naturaleza, ya que ambos tuvieron que entrenar a sus actores para sus propósitos, y ambos tuvieron que ir a la misma naturaleza del ser. Y es aquí el principal aporte de Stanislavsky al teatro, así como el de Brecht.

* * *

Durante mi vida como director de escena y profesor de actuación, ha sido recurrente encontrarme con alumnos y actores que me han confesado no entender con toda claridad a Stanislavski. Unos me dicen que les resulta denso en sus explicaciones, otros que se dispersa un poco, algunos, incluso, lo han percibido contradictorio. Pero más preocupante aún es cuando, participando en ensayos donde he sido invitado por actores y directores con suficiente experiencia, me doy cuenta que cuando plantean los ejercicios, en ocasiones violan o contradicen las leyes naturales de cómo funciona el cerebro y es eso, precisamente, lo que el maestro pide respetar. Se me hace evidente que no están entendiendo a Stanislavski. Señores: Stanislavski intuyó y explicó las leyes naturales de cómo funciona el cerebro, y digo intuyo porque esto se ha podido comprobar en los últimos 25 o 30 años a partir de la explosión tecnológica y sus descubrimientos: es cuando se ha podido escanear el cerebro (aún no se sabe todo y falta mucho) y se ha aprendido más sobre este órgano en este período, que en el resto del tiempo de la presencia humana en el planeta. Pero no lo duden, Stanislavski era un estudioso incurable, que "scaneo" en su tiempo el alma y el cerebro humano, y esto en parte es la motivación para escribir este libro, en el que trato de ser directo, de no divagar en muchos recovecos teóricos, para ayudar a comprender al gran maestro, y alimentarlo desde la perspectiva del desarrollo científico que nos toca vivir. Espero haberlo logrado y que mi trabajo sirva para arrojar un poco de luz, sobre todo a los noveles actores o a los simples interesados en el tema, y que cometan menos errores que las generaciones que les anteceden.

Quiero aclarar que no creo que todo lo que yo digo aquí le sirva a todo el mundo, como todo lo que dice Stanislavski no le sirve a todo el mundo. Esto se debe en primer lugar a que los métodos de hacer cualquier cosa tienen mucho que ver con la personalidad, la visión que se tenga de lo que se enfrenta, el prisma a través del cual se analiza el conocimiento. El método es algo muy personal y cada cual debe encontrar el suyo.

Si usted reúne a muchas personas exitosas de cualquier disciplina o profesión y le pregunta a cada uno sobre su método, se dará cuenta de que cada uno tiene su particularidad, que no hay nada uniforme, y sin embargo, todos son exitosos. Entonces, debemos decir que el método bueno es el que logra buenos resultados.

Esto no quiere decir que en los métodos de lo exitosos, e incluso en el de los no exitosos, no podemos encontrar muchos elementos válidos para formar el nuestro.

Konstantin Stanislavski en 1938

MANERA DE EPÍLOGO

Este libro nos lleva de la mano por las ideas que el gran pedagogo y teatrista ruso Kontanstin Stanislavski fue creando para conformar lo que universalmente se conoce por su método, del cual han bebido todos los actores posteriores en todas partes del mundo, desde los más modestos y desconocidos, hasta los más famosos y multipremiados. Desde el barrio y sus aficionados hasta el Actor's Studio de New York y sus estrellas.

Alberto Castañeda vuelca en estas páginas su trabajo y experiencia por muchos años como director de arte de numerosos eventos, con el escenario como campo de creación y dirección de actores y artistas.

Nos aclara el autor, al deslindar los campos, lo que fue y es el Stanislavski pedagogo del Stanislavski director, aunque ambos son una misma unidad pensante, pero que podemos separar para un mejor entendimiento de cada una, y con ello, una mejor compresión del creador ruso en general.

Este método de formación de actores revolucionó la escena del teatro universal, dotando a autores y directores de una herramienta para acercarse desde sí mismos al público, logrado el efecto de verosimilitud que necesita el trabajo de las tablas para ser creíble, generar emociones, y tener una utilidad en el sentido que le daban los romanos antiguos, de lo dolce et utile, esto es, lo hermoso y que tenga utilidad para el mejoramiento y la comprension de la psicología humana.

Y en la psicología se apoyó mucho el maestro, en los recursos que esta ciencia brinda para conocer las motivaciones humanas, analizándolas por fases, para hacerlas más comprensibles y más efectivas.

Stanislavski basó su metodo, entre otros puntos de apoyo, en algunas ideas o categorías que erigió como bases del trabajo del director y el actor, por lo que es bueno repasarlas independientes, a la manera de un pequeño glosario.

Como es natural, algunos términos puedieran variar en detalles de acuerdo a la traduccion que se haga del idioma ruso, pero tratamos de mantener la esencia de la idea en cada definicion.

MEMORIA AFECTIVA

Este es uno de los más tempranos recursos del arsenal de medios del sistema de enseñanza teatral. Consiste en llevar al actor a rememorar sus recuerdos personales, a sus vivencias de un hecho, un sentimiewnto que generara una situación vivida, para utilizarlos en el personaje que le toca encarnar.

En este aspecto, Stanislavski se apoya en los estudios del francés Ribot, quien en los comienzos del siglo XX había enunciado que a veces los recuerdos resurgían con sentimientos incluídos, y a eso le llamo "memoria afectiva".

Stanislavski, tratando de encontrar una vía para la aparición de ciertos estados emocionales, quiso que el actor trabajara en base a recuerdos personales, y mecanizar esta acción por la repetición, para que en las tablas pudiera auto-estimularse con esas imágenes y dotar la actuación de más credibilidad. Sabemos que existen diversos tipos de memoria, que son atrapadas por los cinco sentidos humanos, como son las texturas al tacto, los olores a la nariz, los sabores al paladar, los colores y formas a la vista, e igualmente, existe una memorial emocional unida a esas sensaciones físicas, condicionándolas y haciéndolas únicas para cada ser humano en sus detalles particulares. Se trata entoncnes de ponerlas a funcionar para el óptimo desempeño del actor.

EL "SI"

Con esta partícula condicional, que en ingles seria el "if", Stanislavski quería llevar al actor a buscar la personalización de su trabajo, poniéndolo en situación y ubicándolo en su contexto, y pidiéndole explicar lo que haría, y actuar de acuerdo a esa idea, "si" personalmente le tocara una situación semejante.

RELAJACION

Consiste en la eliminacion de toda tensión física, muscular, para un mejor deesenvolvimiento y movilidad en escena. Para esto, el acto debe hacer sus ejecicios físicos y mentales pertinentes.

CIRCUNSTANCIAS DADAS

Es la capacidad y posibilidad de utilizar las habilidades adquiridas para recrear el mundo que se expone en el texto de la obra, que serían las circunstancias dadas por ese libreto o texto teatral, concebidas por el dramaturgo, y que desarrroladas por medios naturales, orgánicos, darán la sensacion de verdad.

CONCENTRACION

Es el meterse en el persona sin que nada distraiga al actor del contenido y la forma que ha diseñado para su personaje.

SENTIDO DE LA VERDAD.

Con esto se quiere dsesignar a esa capacidad de discriminar lo que es natural, orgánico, coherente, de lo artificial y sobre-actuado. El maestro creía, y enseñaba, que hay leyes que son naturales para la actuación, y debian seguirse.

Bibliografía

- Un actor se prepara de Constantin Stanislavski. Edición Litografía Tauro. S.A
- Del 14 de Julio del 2006 Wikipedia: Enciclopedia on line
- https://en.wikipedia.org/wiki/Konstantin_Stanislavski

Biografía

Alberto Castañeda Pavón, nació en Guantánamo, Cuba el 27 de noviembre de 1950.
Graduado de instructor de arte, en la especialidad de teatro.
Estudio Dirección Artística en el instituto del ministerio de cultura de cuba.
Recibió un curso de post grado en el Instituto Superior De La cultura De Moscú.
Ha sido indistintamente profesor, impartiendo; Actuación Escénica.
Dirección escénica
Dramaturgia
Su trabajo se ha extendido por más de veinticinco años de experiencias en las artes escénicas. Actualmente vive en Miami.

CPSIA information can be obtained
at www.ICGtesting.com
Printed in the USA
BVHW031046090720
583344BV00001B/150